人间烟火皆是深情

马国福 著

江苏凤凰文艺出版社
JIANGSU PHOENIX LITERATURE AND ART PUBLISHING

图书在版编目（CIP）数据

人间烟火皆是深情 / 马国福著 . -- 南京 : 江苏凤凰文艺出版社 , 2022.10
ISBN 978-7-5594-6465-1

Ⅰ . ①人… Ⅱ . ①马… Ⅲ . ①散文集 - 中国 - 当代 Ⅳ . ① I267

中国版本图书馆 CIP 数据核字 (2022) 第 142856 号

人间烟火皆是深情

马国福　著

责任编辑　白　涵
责任印制　刘　巍
出版发行　江苏凤凰文艺出版社
　　　　　南京市中央路 165 号，邮编：210009
网　　址　http://www.jswenyi.com
印　　刷　三河市金泰源印务有限公司
开　　本　710mm × 1000mm 1/16
印　　张　14.75
字　　数　150 千字
版　　次　2022 年 10 月第 1 版
印　　次　2022 年 10 月第 1 次印刷
书　　号　ISBN 978 - 7 - 5594 - 6465 - 1
定　　价　42.00 元

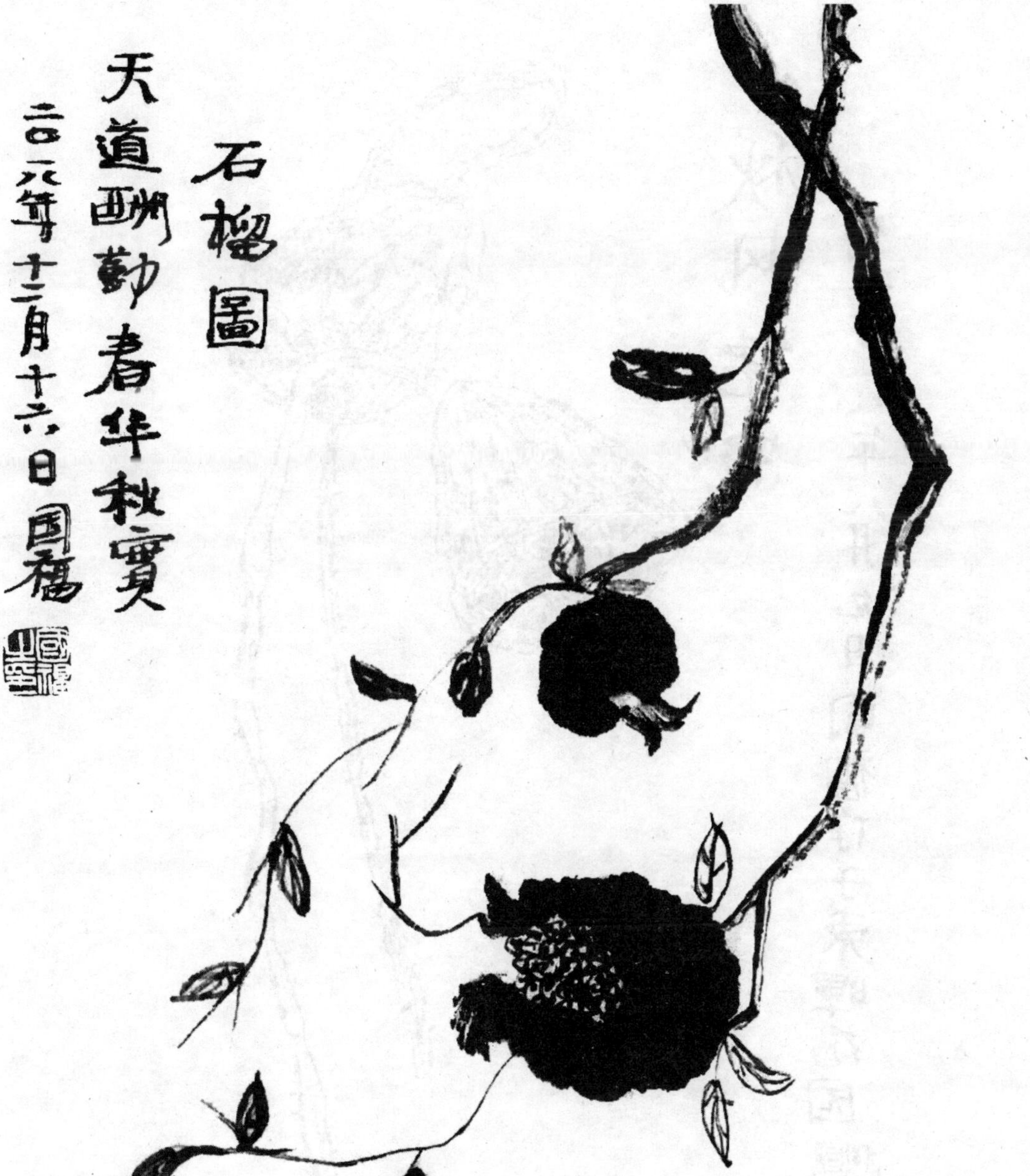
石榴圖
天道酬勤春华秋實
二〇一八年十二月十六日 国福

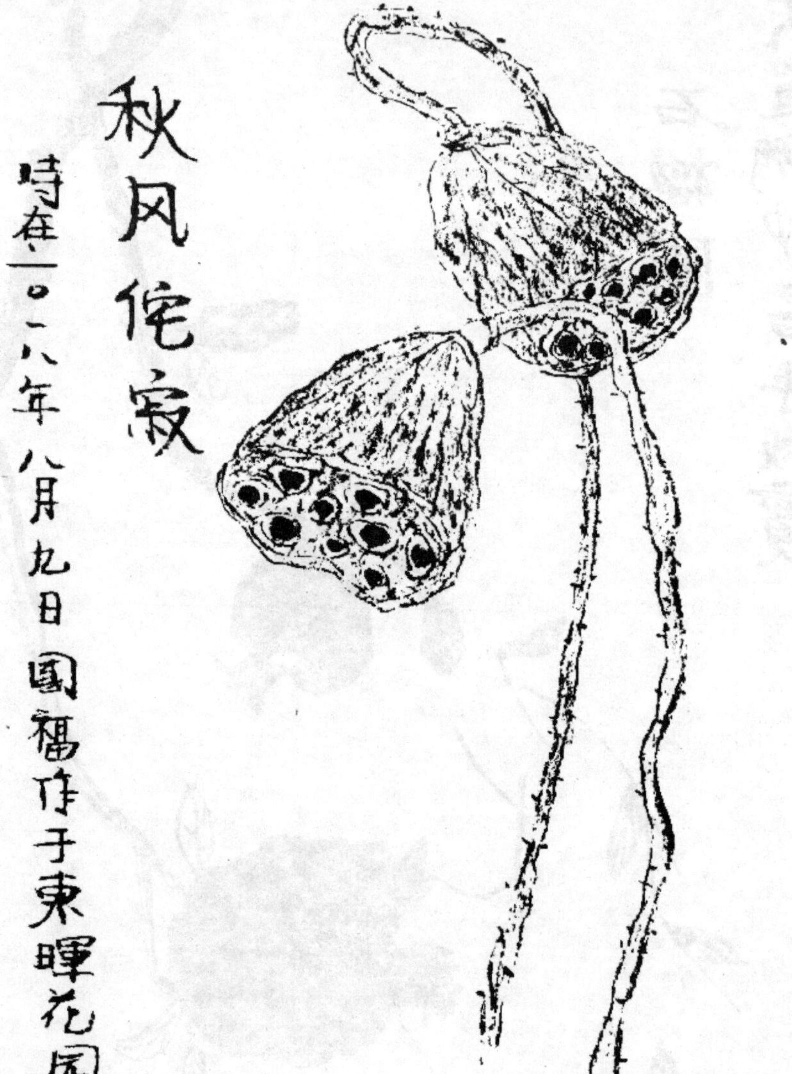
秋风侘寂
時在二〇一八年八月九日國福作于東暉花园

代　序

俗身多葆白云意

我是一个俗人，非常喜欢一句话：“身在人群中，心存星空间。”“身在人群中”，这是物质层面和人间烟火气的生活；“心存星空间”，这是保持美学层面和艺术层面的精神生活。

人的生命体验与年龄有着密切而又深刻的关联。35岁左右的时候，我很在乎精神世界的生活。古人说：“闭门即是深山，读书随处净土。”这是最理想的读书状态。很多人在没有大房子之前，总是说“等我有了大房子后，一定要弄一个很大的书房，一定要好好读书”。可结果呢？等有了新书房之后，只保持读读书、拍拍照片、发发朋友圈这种“人生若只如初见”的热情，没过几天就开始审美疲劳，不愿意读书或者很少读书。那些书买回时什么样子，几年后还是什么样子，有的甚至连塑封都没有拆，因为手机占用了我们太多的物理和精神空间。

说到底，这样的生活状态就是“准备生活”的状态，因为我们常常挂在嘴边的话就是“如果怎么怎么，我就怎么怎么”。人生没有如果，只有结果和后果，那我们要做的事情就只有“立刻，现在”！付出行动和保持定力，心知合一，让自己从“准备生活”的状态进入到“介入生活、立刻生活”的状态，不为自己找借口，不让借口这个小偷和劫匪打劫我们精神生活的金子。

读书就是每天给自己的精神仓库储存一粒米，添加一块砖。物质总会耗尽，但精神层面的东西会改变我们的内涵和品位。读书让我们躺在地上也能够触及星空。为什么这样说？贴着地面，说明你真正潜心下来沉淀自己，接到了精神的地气；够得着星星，说明你的思想、品位、格调在逐步提升，你在通过阅读这一美好的行为为自己缔造理想的天空。

我承认，我是一个能大俗亦能小雅的人；是一个既能混进热闹圈子，又能守得住安静的人；是一个既能抱着酒瓶开心，也能抱着书本静心的人。我经常应邀喝酒，但我给自己立的规矩是：不论喝酒多少，每天读书至少半小时到一小时。很多书没有读完，我会感到恐慌，我感觉自己在欠债，所以为了还债，我的两个床头柜上摆满了上百本书，只要早醒，就随手抽出一本读，或者反复读已经读过且画过线的段落。我深知书的影响力，它会在不知不觉中影响你的思考、逻辑、鉴别、谈吐、为人处世等方面的能力。读书是为我们的精神世界筑堤坝，书读多了，我们的内心才不会决堤。

在机器时代，我们特别需要对手工活有尊崇和耐心。现在，人人崇尚效率，人人追求效率，我觉得效率就是绞杀机，它会绞杀我们时光里那些与氧气生活有关的美好。比如和动车、飞机、快艇比，充满年代感的绿皮火车、邮差、手写信，它们效率低下，但会让我们沉浸在不同的生命体验里，多看几眼路上的风景。快，追求的是结果，而慢下来的车轮、慢慢做的手工则让我们感受到过程的丰富和美好。所以，在这样的时代，我们何不让自己慢下来，选择一种让自己喜欢的内心丰盈、有充实感的生活态度呢？读书是一种慢，读书让我们生命苍茫、辽阔起来。不管每天花多少时间读书，每一次有氧的阅读都是我们精神生活的储蓄，随着时间的推移和人生阅历的增加，我们必将得到更多的精神红利。

过了40岁以后，我的心态发生了很大的变化，我更在乎世俗的烟火生活，因为那里面蕴含着灯火可亲的旺盛生命力。我也频繁地在朋友圈晒美食、茶器、雅物、老酒、老茶，也偶尔晒晒自己用三脚猫功夫画的画，没有什么附庸风雅之意，纯粹是不在乎他人的眼光，过一种自己想要的世俗的理想的生活。我不是高人，也不是纯粹的雅士，我崇尚一切有地气、有才情、有美感、有内涵的人和事物。正如我在一篇题为《会饮需在老中寻》的文中写道："杯中乾坤大，善饮者，性格简单，酒杯中能看见人格。当然，我这句话不是对酒鬼、酒徒而言。五六好友一起，我的好你懂，我的坏你也懂，江河湖海一统，彼此照面知心，不在乎权势地位，皆因人格相近、脾性同频。可豪饮，可小酌，酒可好、可差，菜可精、可粗，因为懂得，所以喜悦。不因酒菜之贵贱而坏了氛围，皆因气场相投，棱角相合，于是天长地久。彼此身上不贴世俗标签，一切皆因为懂，懂彼此的内涵、脾性、嗜好、特长、缺点。我不是和你的酒量匹配，而是和你的人格匹配。多好！我不是和你这尊肉身对饮，只是和你肉身深处那颗不羁、放达、豪气的灵魂对饮。”

到了45岁，我觉得自己妥妥地步入中年，更在乎自然的事物。我种了很多花，也经常把父亲从青海老家寄给我的花种和我自己种的花种分享给省内外的朋友们，看到花在他们的生活空间中芬芳、喜悦，我也很有成就感。美是唤醒并激发我们对平凡光阴报以亲近态度的秩序和力量。这种态度决定着我们的幸福指数和时间质量。对时间的态度就是生命态度、美学态度、自我丰富的修为态度。365天，天天一模一样，那我们只是单调地重复活了一天；如果努力、用心、上进，用美好充实的态度尽可能让自己每天过得有所不同，那么我们才算真正过了365天。我认为时间的意义就是找寻不同，过得不同。这种找寻的过程，就是我们自我成就的过程。

春夏之交，每天早上，我会上楼顶去看那些花儿，和它们交换眼神。这似乎成为夏日每个清晨的仪式，而仪式意味着规矩、责任、呵护、敬畏、秩序。它们虽小，却也是一个小小的世界，也有生存法则、优胜劣汰、弱肉强食，可无论拥有多么拔得头筹的风光，最终都面临着凋零的结局。我每天伺候它们，参与它们的生命历程，见证它们的枯荣，也是它们对我精神和生活态度的呼应。这是无关现实功利的仪式，我凝视它们，看颜色如何神秘变化，形态不断长高蔓延，像伟大母亲们，把自己的孩子源源不断地送到队伍中，跋山涉水，风霜雪雨，以钢铁般的意志和信念突围，向着黎明的方向前进。任何一朵花从落地生根到繁花满枝，再到凋零归尘，是美的长征，既有波澜壮阔的生命角力，也有一叶知秋的幽微蜕变，是寂然深刻的长征。在这样的生命面前，我常常肃然起敬，一如我对那些历经生活起落，仍然云淡风轻、胸怀善意和美的人，从来都保持敬仰和亲近，因为我找到了草木世界与知己世界同频共振的精神道场，那就是和而不同、各美其美、美美与共、寂静欢喜。花把花自己美枯了，花把花摁在夏日的风里，一起赶赴凋零的命运。那些血色往事，无论荣耀与黯然，都在黑夜里落幕。点点血斑，是神走过的足迹，最终成为时间的遗址，成为美的废墟。相比于花盆里被我连根拔除的杂草，这些花享受了我真诚的欣赏和赞美。而那些如错别字一样长在花盆里的杂草，却遭受了轻贱和暴力。我以文明的名义区别对待花盆里与花抢营养的杂草，而风却公平地吹拂每一个生命，它是仁慈的。相比于风，我成了暴君。那么，在美和丑的边界，繁花与荒芜的生命境遇下，如何审判一具世俗的肉身？

罗曼·罗兰说："幸福是灵魂的一种香味。"有时候面对自己亲手种的花草，我会遐想：谁说出了一句句情话，惹笑了这些花儿散发出灵魂的香味？看雨水落在花瓣上，就像恩人住进我们的梦里。回望自己的生命历程，从青海乐都的乡村到古城西安的大学，再到江苏南通，在时间的律令中，我只对世俗的、精神的、美好的事物充满深情。一路走，我遇到很多的好人、好友、好师长、好同事、好兄弟的指点、激励和帮助，他们对我的好就是我生命里芬芳的香气。

我现在的外形越来越头大脖子粗（但不是大款，更像伙夫），很多友人戏称我为幸福的胖子。正是因为喜悦地接纳了那些植物、那些诗书、那些好人、那些美酒美食美物的滋养，我越来越中年发福，所以，我格外承认我是一个福人。"爱出者爱返，福往者福来。"我也会以我的本分、真诚、努力，给这个世界报以最深情的馈赠，用文字、用友善的心、用父母给我的泥土一般可贵的教诲和秉性。

俗身多葆白云意，如风有信是故知。感谢每一双捧起这本书的手，感谢每一双阅读这本书的眼。你的阅读，就是一颗心路过另一颗心，然后各自转身，默默留下春天。

是为序。

目 录

目 录

第三章 当窗摹写旧时月

第四章 陶情杯酒咏春秋

后记 一点烟火真性情

第一章

此生只向花低头

人间烟火皆是深情

Chapter 01

春天记

一月

春在乡野已三分。

这些在深冬开放的油菜花是春天的先遣部队，它们和冰霜较过劲，和冷风交过锋，冰霜缴械投降、俯首称臣，冷风偃旗息鼓。野战军的烽火是那一抹占领冬天的黄。冬天是植物们的学前班，是节令的启蒙熏陶；春天是最初的信仰。油菜花将在三月暴动，它坐稳江山。春风浩荡，所有的恩典在路上。

我在清晨的田野游荡，要做一个捕捉露水的人。露水在尘埃之上，目光慈祥、清澈，这是黑夜的使者，它莅临人间，用一点一点的晶莹安抚河山版图上一片一片的焦灼和枯寂。

油菜花一直是乐天派，她毕业于冬天的舞蹈学院，在寒风中孤零零地领舞，舞姿翩翩，像跳级生，从低年级一下子跃到高年级，势单力薄，高处不胜寒。但她还是笑容恬淡，召唤身边大片大片还在发育中的油菜花对春天抱以信心。

卷心菜内敛，不善言辞，那些好事的毛毛虫总是不安分地侵入，镂空它绿色的衣裳，企图打探它深藏在心底的秘密。守口如瓶的卷心菜防意如城。谁偷走了它的光华？一个个细小的破洞，等待春天修复补丁。

乡野里的童话，一寸一寸都是我们年少时丢失的脚印。沿着一片蔬菜叶的纹路，我们轻易就能找到老家的门牌。告别从来不是遗忘，我是我故乡的邮政编码，我是我故乡的门牌号码。寒风抚琴，拆迁后的房屋抱紧一屋孤独，空荡荡的窗户仿佛露天电影的幕布。“人面桃花相映红。人面不知何处去，桃花依旧笑春风”，桃花依旧，瓜架依旧，只有那电线杆上风干的丝瓜如僵硬的音符在风中飘来飘去，唱着秋天的挽歌。喑哑的声音，不再是冬季恋歌。咸鸡、咸鱼、咸猪肉献祭过去的岁月，我们一起祈祷并祝福，国泰民安，风调雨顺，让山河日月都闪着喜悦和恩泽。

二月

二月底三月初，江海平原的油菜花渐渐开了，如少年得志，汹涌澎湃，像一个诸侯，割据了河边的田野、荒地、陇坡。

它们醉饮春风，进入微醺境界了，这也是一个艺术境界，它们仿佛有了灵感，像画家酒后想要画画。到了四月初，它们完全盛开了，酣畅，痛快，[illegible]颜色[illegible]，仿佛进入了深思熟虑的哲学境界了，所有的思考、想法都不需要打腹稿，直接脱口而出。怒放的它们俨然走在从地下上升到天国的路上，黄得澎湃、浓郁，如同茅台镇上53度的酱香白酒。它们挤在一起高谈阔论，如庄子逍遥游，与天地精神往来。到了四月底，油菜花行将凋谢，它们已经大醉，进入繁华看尽、栏杆拍遍的神仙境界，大有“我醉欲眠卿且去，明朝有意抱琴来”的架势。最终，它们将陷入寂静，积蓄力量，在时间的银行里储存自己的实力，等着夏天结成菜籽折合利息。

玉兰在一场梦中醒来，发表了她的“白皮书”。春天是最具有契约精神的。玉兰开了，她借走了黑夜所有的光，有借有还，再借不难。春去春会来，花谢花会开，不就是它遵循大自然道德律令的契约精神吗？经历了一个冬天的严寒，玉兰脱掉了沉重的盔甲，外壳上细密的茸毛让人想起孤舟蓑笠翁，但它不用独钓寒江雪。这粉色的、白色的、紫色的花蕊在各自的盔甲内温暖地宅了整个冬季。当惊蛰的一声响雷，叩开那尘封的心扉，所有的芬芳与隐忍必将给春天以王者的桂冠。

三月

三月三日天气新，中午漫步濠河边，柳树刚吐绿，细柳枝像一支温度计在给河水测量体温，水面安顺、平静。这个时候，河流的腰是软的，柳树轻佻，桃花灼灼，按捺不住它的野心。耳边鸟鸣清脆，鸟鸣是绿色的、黄色的、粉色的、白色的、紫色的。春天是鸟的大染坊，羽毛如洗，歌声多彩嘹亮。每天清晨，我在鸟鸣声中自然醒来，鸟鸣如钟声、如潮水，濯洗我的耳朵。柳树如同初学书法的入门级小学生，木讷、害羞、谨慎，刚开始只敢在水面上书写楷体，工整、平稳、方正，练着练着笔画稳了，结构正了，就有了自信，胆子也慢慢地变大了。风来了，似乎给了柳树鼓舞，她终于大胆地在水面书写行书，笔锋旋即划破水面，借助风力行云流水，俨然一个书法速成班出来的学生。野鸭在河里游动，它们停泊在柳树的倒影里，如五线谱上的音符，“春江水暖鸭先知”，它们即将报幕：春天的圆舞曲开始了。

古人云：“林中野鸟数声，便是一部清鼓吹；溪上闲云几片，便是一幅真画图。”柳树还是一个高明的针灸师，她会给解冻的河水针灸，针灸冬天河道里淤积的穴位，消除它的神经疼痛，让河水无忧无虑地放下包袱寻找远方。

早开的梅花已经生锈凋零。美好的事物不宜太满、太盛，太盈则亏，亏则逊色。古人说“花看半开”，这是美学；花如果全开，那就是生活，是日常的锅碗瓢盆、油盐酱醋。

桃花跃跃欲试，紧实的花骨朵被包得严严实实，仿佛里面藏着头条新闻，等待时机一到，就引爆天下、广而告之。春天就是天地乾坤的头版，就是每天都有新闻发生的新媒体。春天不是《参考报》，而是《春光日报》《春风导报》《春色时报》《春讯快报》《春闻晚报》。这样一想，春天就是一个庞大的报业集团了。

结香花就是最木讷的好人，从不说话，也不先长叶子，但他最先捧出了最浓郁的香，让我们潜移默化中知晓他的厚道，日久见人心嘛，好人的好，我们到了最后才认清楚。

红叶李是一树繁星，密密麻麻的小碎花，仿佛在和谁说着悄悄话，她如同喜欢短句的作家，柔软、低调、善良。我愿意和世界上所有的花木做亲戚、朋友、同学、知音。

周末，我去郊外的田野里散步，麦苗青青，锋芒初现，是绿色的琴弦。豌豆、蚕豆爬在篱笆架上，捧读阳光的教科书，它们好学上进，似乎从没有厌学的念头。有老人在荒地里种菜点籽，是啊，他们是天下最好的作家，种子是他们的文字，他们用一粒粒种子点化僵硬的土地，点化春天，深谙土地伦理和自然之道。

春天就是一幅国画，那些花儿就是它的印章，它懂得留白，懂得空间和线条的美学。花开花落，在继承天地之美德，在接力时令之美学。我等俗人独坐河边遐想，“结庐松竹之间，闲云封户；徙倚青林之下，花瓣沾衣”，倍觉“佳思忽来，书能下酒；侠情一往，云可赠人”。

沙枣记

每年端午节的时候，沙枣花仿佛约好了似的，准时盛开了。它们迎来了自己的节日，在一味味浓郁的香中，让整个巷子一下子变得富有。只要你走进有沙枣树的巷子、院落、庄廓边，沙枣花香就会很热情地侵占你的鼻孔，让你的鼻孔一下子变成一个香水仓库。

那香味如同一个指令官，你总是对它没有丝毫的抵抗力，只要靠近，放慢脚步，鼻翼不由得轻轻翕动几下，嘴微微开合，驻足，仰望沙枣树上一串串的花儿，仿佛得到某种谕旨，不由得念念有词："真是太香了。"

沙枣花稠密，简直就是一座香料宫殿，你不知道它们到底藏了多少秘密。沙枣花肤色很白，内里金黄，两种不同的颜色同时集合在同一种花上，如加冕的王子、仙子，用世俗的话来讲——沙枣树可是植物界有金矿的主儿啊。

端午节前夕，河湟一带有种风俗，折柳树枝或者沙枣树枝，压在房门顶上和屋檐顶上。更多的时候是找个罐头瓶或者青稞酒瓶子，里面盛满水，把缀满沙枣花的树枝插在里面，整个屋子里浓浓的枣花香一直在轻盈地飞翔。你看不见花香的翅膀，但是它能随着穿堂的风，在屋子里巡视一番，翅翼过处，香味无痕，却有余韵。

记忆中的村子里，不管一个人家的家境如何，端午节前后那段时间，你随便走进哪一家，他家正屋的面柜上肯定有玻璃瓶中插着正在盛开的沙枣花。依稀记得，那时候家家户户都有两个很大的木头做的面柜，把自家地里种的粮食在村里的磨面房里磨好了放进面柜，一个面柜可以放好几百斤甚至上千斤面。如今，随着市场化大潮，面柜已经退出历史舞台，在渐行渐远华丽转身的乡村谢幕，空落落地隐于仓库一脚，满腹孤寂落寞。我那时候年少，不懂得为何家家户户都有把柳枝用砖头压在屋檐上的风俗，把沙枣花枝泡在瓶子里的仪式。现在想来，这是一种朴素的美学仪式，一种敬畏之心，一种感恩之情，一种对风调雨顺美好日子的庄重憧憬。

试想，天天与农具握手、与田野促膝、与农作物相伴的身子，忙累了一天，进门洗手，折枝供奉在中堂前，这不就是一种源于那方土地上的虔敬仪式吗？手接触过泥土，花扎根于泥土，我们肉体的供养源自泥土，手把一束花供在重要的位置，供奉的是对天地乾坤的感恩，供奉的是老实巴交的人源自古老农业那木讷中纤细的心。再忙也忘不了头顶三尺的天地神灵，再累也不会对桌上的花木熟视无睹。没有多少文化的他们不可能说出“独与天地精神往来”的话，而是隐身于农业田园的日常劳作中，心中不忘祖先的教诲。这种教诲就是我们的初心：我是谁？我从哪里来？我到哪里去？对天地的态度就是对父母的态度。

桌上的沙枣花见证了一双粗粝的手捧出一颗柔软、朴素的心，花朵玲珑，初心可鉴。

年少时的我很调皮，时常爬上家门口的沙枣树，猴子一样，蹿到树冠部分，在树杈之间对着一个用丝麻、棉絮、破布甚至动物的毛发累筑成的严丝合缝的鸟巢，天真地端详探究老半天。鸟是自然界高明的建筑师之一，它们不懂什么叫结构力学、材料力学，但深谙建筑之道，一层一层、一圈一圈、一丝一缕，择树的最高处，选择最牢固、最合适风水、最好的枝丫筑巢。它们是非常灵验的风水先生，上知天文，下知地理。鸟在沙枣树上营生，沙枣树护佑着鸟孵化、成长、飞翔。相比于人的狭小格局、见识、气度、胸襟，大自然里的树木、鸟类在高处，它们可是见过大世面的学者，在天空中俯瞰一个村庄的繁衍生息、生死轮回，按照天空的伦理秩序繁衍生息，它们有大格局。

掩隐在沙枣花香中的鸟巢仿佛也沾染了花的香气，居住在其中的麻雀、喜鹊的羽毛上也沾染了花香，颇有点乡野贵族的气息。

老家青海六七月份的时候，青色的沙枣果吃起来很涩，含在嘴里立马吐出来，有点沙、有点酸、有点苦，如少年时我们生病了不喜欢吃却被父母强行灌进嘴里的中药。到了九十月份后，沙枣飘黄，秋天的日光给它们披上了一件件袈裟，耀眼而又高贵。天蓝得格外纯粹，比宝石还蓝，蓝得看上去如同假的，给人以不真实之感。云白得格外清晰，如参禅悟道之人进入妙境，如潜心于哲学的人进入物我两相忘之玄境。风格外清逸，如一张无形的过滤网，过滤掉天空中细小的杂质，替天行道，让蓝天白云保持洁净之身。

十月的时候，老家已经有霜了。经历了霜的点化，成熟的沙枣果似乎瞬间顿悟，仿佛从霜手上领取了什么秘密，打开了什么暗语，几天时间就变甜了，糖分一天比一天多。

仔细玩味，霜真了不起。它承受时间的压力，替时间代言，做它的使者。霜是大自然的法官。它与生俱来的严肃、苛刻让天地万物在肃穆中安静，褪去喧哗与骚动，经受法官的考验。考验过关者，一律颁发黄色、红色嘉奖令，考验不过关者，一律闭门思过，在葱茏的绿色中继续服役，直到褪掉火气与顽劣。霜很有耐心，每天的造访如老师的家访，把天地草木当作它的学生查漏补缺，驯服那些桀骜不驯的顽固分子，让它们恭良谦卑。霜冷冰冰的脸色下有一颗慈爱的心。它善于在严肃中感化，给秋天的果实一道道暗语，让它们各自领取，然后各自领悟，一点一点把体内的苦和涩，在黑夜里、在阳光下、在风霜中兑换成一点一滴的甜。

霜的一生寿命短暂，它的一生是呕心沥血的一生。我想，如果用一种生灵来匹配它，那非杜鹃莫属了，为什么？想想“杜鹃啼血”的典故就知道了。

它在短时间内完成自己庄严的使命就隐身告退，颇有点英国诗人瓦特·兰德在《生与死》中的味道，恕我引用：“我和谁都不争，和谁争我都不屑；我爱大自然，其次就是艺术；我双手烤着生命之火取暖；火萎了，我也准备走了”。

沙枣果的酸涩被霜驯服。霜的生命臣服于日光。天地光华万物轮回，不就是一种服与不服的秩序在运转吗？植物的服从是一种智慧，这种智慧的恩泽就是它们的颜色、姿态，果实体内的水分、糖分、养分。霜在替天行道，请你不要吝啬对它的赞美。

秋天让沙枣树做了减法，剩下的就是乘法了。沙枣树的叶子掉光以后，就剩下一串串金黄色的小沙枣果高悬在枝头，佛珠一样闪着金光。风吹日晒后，有的沙枣果失去了水分，一天天瘪下去，寒冷借走了它体内的甜分，也不知道来年是否会记得归还。有的沙枣果早被高原的紫外线灼伤，表皮上卷起一点点黑斑，像皮肤病患者的标签。冬日的蓝天如幕布，纯粹、清澈，一眼望到底。苍穹下，白杨树沿着门口的小溪排列阵型。沙枣树没有白杨树高大，身姿也没有白杨树伟岸、挺拔，皮肤也没有白杨树紧凑、标致，相反它松松垮垮的褐色衣裳一片一缕翘起来，凌乱，加上树洞、结痂，更有点像乞丐服。几个硕大的喜鹊窝稳稳地架在白杨树树杈上，一两个麻雀窝拳头一般蜷缩在沙枣树枝杈上，因了沙枣树的肤色，有点大户人家的意思了。尽管西北干燥的冬天没有南方冬天烟雨迷蒙的气韵，但有一份空旷、疏朗、寂寞冷的萧瑟，如果倪瓒来游湟水谷地，他是否会画出更具韵致的《渔庄秋霁图》？

想归想，实际上，西北的冬天更像油画一样静穆，缺水少绿，冰天雪地，仿佛世界按下了暂停键。偶有几只喜鹊飞过，喳喳的大嗓门如一把剪刀，剪裂了这份静谧。萧瑟之境见天地疏朗，但未免让人内心难过。上天慷慨地把世界上最干净的蓝偷偷赐予西北，也把凡·高的蓝色星辰赐给了西北。写到这里，不由得想起诗人海子的两首诗：《询问》

在青麦地上跑着
雪和太阳的光芒
诗人，你无力偿还
麦地和光芒的情义
一种愿望
一种善良
……

海子的诗歌《日记》

姐姐，今夜我在德令哈，夜色笼罩
姐姐，我今夜只有戈壁

草原尽头我两手空空
悲痛时握不住一颗泪滴

姐姐，今夜我在德令哈

这是雨水中一座荒凉的城

他写的是秋天，我写的是冬天。沙枣树的颜色是黄色的，西北的土质以黄色居多，西北人的皮肤褐红色居多。这几种颜色融合在一起，很大程度上概括了西北人的文化性格：吃苦耐劳、隐忍坚韧。脑海里蹦出四个字：早、枣、灶、造。“早”是美德和形象，所以西北人习惯于起早贪黑。“枣”是吉祥，在农家建新房上大梁的仪式上，撒糖果环节，盘子里大的糖果有枣和核桃。“枣”也是人丁兴旺，娶媳妇时新房里摆上红枣，寓意早生贵子。“灶”是农耕文化的遗产，多年前家家户户有土灶，烧柴火，现在土灶被液化气取代了，灶成为农耕文化的记忆。“造”是那双撒落在民间的沙枣树枝一样的双手，不甘于枯寂，默默地改变命运的格局，让日子朝着更美好的方向挺进。

后来，我家在靠近109国道的地方建了新房，把以前的庄廓给了哥哥，因影响采光，哥哥在重修大门时把那棵沙枣树的头给锯了。但每年春天，沙枣树依然固执地迸发出新枝条，并开出花来。

现在，沙枣树依然活着，像个从战场下退役的壮士，尽管因伤致残，但它毅然向上奔着天空，仿佛那上面藏着它的什么东西，它非要找回来似的。

蜡梅记

蜡梅是在一个雾霾深重的早上抵达北京的。

朋友说，清晨收到了我顺丰快递的还带着雨水气息的蜡梅，打开包装盒的一刹那，香气扑面而来，如催泪弹一样差点让她晕过去。

晚上，朋友下班，小心翼翼地举着蜡梅去挤拥挤不堪的地铁，牛的是花骨朵几乎一个也没有掉落。

这事又酷又跩，又诗意又浪漫。你想吧，在沉闷的地铁里，蜡梅如一道闪电，照亮那些雾霾天戴着口罩的疲倦的面容。生存和梦想早已充满褶皱，一枝来自南方的蜡梅在城市的地铁里，慈祥地抚慰那些因为房价、物价、股价波动而麻木、冰冷的心。蜡梅的幽香抚过表情不一的脸庞，告诉他们，尘世疲惫，有泪可挥，但不要觉得人世悲凉，还有一个角落、一盏灯火在等待着你的临门。

这个时候，蜡梅花如繁星，炫目，有了光。

我不知道车厢内来自不同地域的人们，会以怎样的目光和心态去打量一个举着蜡梅的人。蜡梅如火炬，它是慢的，地铁是快的。它是地铁里流动的春天，具有教科书般的意义。地面上是雾霾，地下远离雾霾，两种世界里，相比于人的喧嚣，蜡梅是安静的；相比于城市的坚硬，蜡梅是柔软的；相比于机器和铁轨的强大，蜡梅是柔弱的。我这样写，蜡梅就有了一种神圣的意味。

车厢门开开关关，乘客上上下下，总有一缕蜡梅花香被他们带到车厢外，消失在人海中。这南方的气息，在北方的寒冷中溶解、皈依于一种虚无的“有”。

蜡梅在拯救我们的眼睛。北方的冬天是八大山人的枯笔，干、涩、硬、焦；而蜡梅的出现，如一滴墨水落在生宣纸上。它唤醒了一张纸的生命情感，从而让一张纸有了呼吸和表情。水漫漶，纸的肌理起伏，它们联手缔造了一份具有中国韵味的美。而蜡梅作为一种植物，能够让我们审视自我、省察世界。一枝枝蜡梅在异乡逼仄的空间里如众神莅临，让这一方埋头将目光停泊在手机屏幕上的人们发生了位移——审美的位移、情怀的位移——暂时把目光从低处解放出来，仰望点什么。坐对一枝蜡梅，供奉一份诗情。

朋友在微信里作打油诗："折花逢顺丰，寄予北漂人。江南无所有，聊赠一枝春。"她感慨道："一眨眼奔四了，还有老友记得咱还是天真烂漫的孩童时的喜好，时光真好。箱子里的花骨朵被我收集起来带回家了，因为昨天办公室太香了，蜡梅被别人抢去了几枝，她们说四十多年没见过蜡梅（这是真的，北京春天才有红梅，蜡梅极少）。转了两趟地铁，一个多小时，家里人看到蜡梅时，分明眼里有了光。昨夜拿了两个花骨朵放在枕头上，今早这一片都是香的。"

朋友曾在南方生活多年，深谙南方冬天蜡梅的那份幽美。冬天时一直念念不忘蜡梅，叮嘱我方便时快递数枝蜡梅于她。如何快递蜡梅，我颇费心思，好在我平时有收集旧物再利用的习惯。

那天下着冬雨，我和同事打着伞，拿了一把剪刀到单位后的老旧小区里"偷"蜡梅。彼时，我们心惊胆战，颇有一种做贼的感觉。蜡梅的花期已经过了大半，很多花已经完全盛开了，花看半开，全开了就少了很多美感。我们转来转去，在那棵有二十多年树龄的老蜡梅树下寻找还有花骨朵的梅枝。我们分工很明确，我负责挑选形态好的花枝，幸运的是我找到了几枝带有花骨朵的。同事负责剪，剪刀用力落下去的那一瞬间，惊得蜡梅树上的雨水纷纷落在我们的身上和脸上，说不出的感觉，感觉连雨水也是香甜的，真想喝上一口。当时我有一种遐想，把蜡梅上的雨水收集起来，放在缸里，静置一段时间，泡老茶喝。这只是我的一厢情愿，现在的空气被太多的工业废气污染，这份诗意的想法只能是奢望了。

古有“踏雪寻梅”，今有“冒雨偷梅”，一雅一俗，真是两极世界啊。在回去的路上，我又很自私地安慰自己：花开堪折直须折，莫待无花空折枝。到了办公室，我给那些还沾着雨水的蜡梅枝找了一个较大的盒子，是我以前留存的纸盒，长宽高恰恰能装得下这十几枝蜡梅。为了防止蜡梅在快递运输过程中被震落，我像包装一件昂贵的瓷器一样，小心地用气泡袋裹了一层又一层，再将几张旧报纸揉成一团填进盒子里，纸盒的容积满了，蜡梅再也不会松动受伤了。

去年十二月十八日，我到花市买了一大盆蜡梅。花市有两种蜡梅，一种是简易塑料花盆里不是太老的梅桩，几十元一盆；还有一种是梅桩较粗、花骨朵较密，花盆很大、质地较好的，几百元一盆。

我看中了一大盆蜡梅，造型高大，参差不齐，花骨朵密密麻麻，起码有几百朵。那盆蜡梅足有三十几斤，抱起来太沉了。我家里有很多大的空花盆，我和老板还价，如果不要花盆，只要蜡梅可以不？他说这个上釉的花盆比蜡梅贵，我不要当然可以，他再种盆蜡梅，可以卖个好价钱。

老板非常吃力地弯腰屈背，像虾米一样把花盆搬到路边，由于花盆太重，他的脸都涨红了。

他拿出一把小铲子，费力地沿着花盆边缘一点一点挖，蜡梅已经有五年多了，根系如铸铁一般牢牢地嵌进了土里，密密匝匝胀满了花盆。他铲的时候，树上的花骨头几个几个掉落，这让我看得很揪心、很心疼，不停地提醒他轻点，不要让花骨朵掉落了。然而，我的提醒无济于事，也许是他急于求成，无论怎样卖力，花盆里板结的泥和根系微乎其微地被松动。眼看着花骨朵越掉越多，我赶紧跟他说，不要再挖了！我连花盆都买了。

他喜笑颜开，铆足了劲儿吃力地把蜡梅搬到了我电瓶车的踏板上。为了防止转向时车把碰到蜡梅，我让他用细绳子把散开的树枝拢了拢，扎了几圈，紧了很多。

一盆蜡梅，就像一个我失散多年的老朋友一样，我们不早也不晚，在茫茫花海中相遇了。

我缓缓地骑着车，蜡梅的幽香一路随风飘逸，如一支昂扬出阵的部队，雄赳赳，气昂昂，跨过红绿灯，换过市区的河流，经过饭店、超市、理发店、包子铺、宠物店、茶市、五金店、水果铺……我不知道蜡梅是否在以它的香和这些邻居街坊颔首致意打招呼：我要去走亲戚啦，我要去新亲戚家啦。

我住的是高层，幸亏有电梯，否则我一个人把这几十斤重的花盆通过楼梯搬上去，我的腰恐怕会断掉。

问题来了，南方的冬天湿冷，北方的冬天干冷。我家开了地暖，蜡梅会不会因此水土不服？会不会因为吹不到寒风、披不上寒霜而黯然失色？会不会因为接不到地气而抱怨，让花骨朵干枯？我越想越担心，越想越揪心。

家里朝向东南的阳台角落有一个实木花架，高度刚好够到窗户底框，我费了九牛二虎之力，抱起梅盆放在花架上，胳膊疼得仿佛已经不属于自己，腰也倍觉难受。我轻轻地解开蜡梅梢上的绳子，并打开窗户通风，想着让室外的寒风慈悲地光顾这孤独的蜡梅。实际上蜡梅也不孤独，花架下我养了三角梅、竹节秋海棠、君子兰、菖蒲、石竹、铜钱草等。

有几朵将开未开的蜡梅如婴儿即将睁开眼睛，它们洁净、纤毫不染尘，淡淡的幽香如婴儿那与生俱来的体香；还有的花骨朵把自己包裹得严严实实，如一个心细的游子给远方的亲人快递珍爱的礼品，意恐路上被摔碎，一层又一层，不放心再包上一层，直到把礼物包得严严实实，才放下心来，心满意足地畅想着远方的亲人收到这礼物后的喜悦。密密麻麻的梅骨朵仿佛集体陷入一个深长的梦境，恬淡平和，不急不躁，等着寒风的利剑送来报春的军令。如果有一天，风掌握它的密码，一层层打开这些蜡梅的包袱，我们会看见比黄金还金贵的心：这些香来自蜡梅的哪个关节、哪个穴位、哪个器官？我们肉眼看不出它幽暗深处的光亮和喜悦，而香气是它的血液，在树皮下流动。这是一条细小的香河，河网纵横交错，输送着金光和美德。

人对植物的依恋如同对最欣赏、最亲近的人的依恋，很大程度上这种依恋是一种恋母情结，因为植物都有母性的气息和光辉，它们来自自然，一生都在给予，而我们的母亲也如同植物，一生都在忘我地给予。所以，母性的光辉中就有植物的清凉、幽香、淡然。

每天早上起床，我顾不上洗脸，第一件事情就是到阳台看蜡梅是否有了一丝新的变化和动静。一天过去了，两天过去了，一星期过去了，蜡梅仿佛在和我赌气，纹丝不动：谁让你把我搬进有地暖的房子？我就不开，我就自闭，我就要回到有寒风、冰霜的世界，你看着办吧。

眼看着鲜黄的花骨朵一天天变枯黄，我忧心忡忡，再这样下去，怕是迟早有一天就要枯死。美，最怕的不是等待，而是不被懂，被辜负。人与人如此，人与植物何尝不是如此？

内人数落我说蜡梅本来就应该生长在冰天雪地的地方，而我非要把它搬进室内，这不是对它好，而是对它坏。这个常识我懂，我只是想和这些植物保持灵魂密友的关系，时间长了，植物会教会一个人不争。如果不信，你看看我们周围的人，那些喜欢花花草草的人，十有八九是与外界不争或者不屑于去争的。正如老树的一句打油诗曰：“荣辱得失算什么，此生只向花低头。”

如果再这样让蜡梅在室内生长下去，这注定是悲剧的美学。不能眼睁睁看着蜡梅就这样和我由知音关系变为对峙关系。这是蜡梅与革命。它要突围，我必须给它活下去的尊严。我想了想，我去年买了一盆蜡梅移栽到楼下单元门口，竟然活了，虽然夏天的时候，被除草师傅的除草机割伤了根部的皮，但今年还是开了很多花。内人说我买花栽到小区是一种救赎，因为我经常剪小区里的月季、南天竹、茶花、红梅、樱花等带到家中插花。

每次应酬回家，遇到小区的保安兄弟，我都会发好烟给他，很多次整包都给他。他对我很好，好多次我酒喝多了，他帮我拎东西上楼或者送我上楼。我妈经常教导我："小人情买转大地方，对人真诚一点，人家都会对我们好。"我妈没有文化，也不懂得刻意钻营和他人拉关系，无非是保持做人的本分和天性，天性使然，修路渡己渡他人。

一月四日，我想到了物业的保安兄弟，我留有他的电话，请他帮忙和我一起把蜡梅移栽到楼下的空地里。他很乐意地答应了，不到10分钟，推着一个小推车来到我家门口，真是个有心人，还带了把铁锹。平时我烟抽得很少，给了他一整包好烟，他不收，在我的再三请让下，他接受了。我们一起把沉重的花盆放在推车上，运到楼下草坪里空白的地方，地方也是他帮我选的。

他用铁锹挖坑，由于小区里的土质不是很好，我准备了一些肥料，他挖下去一层，我撒上一点肥料，直到挖出脸盆大的坑。把蜡梅从花盆里分出来实在是太费劲了，我小心而又用力地往上提树桩，他一点一点挖槽。蜡梅的根实在是太结实了，不是花盆包围了它，而是它如一个钳子牢牢地钳住了花盆，甚至可以说是咬住了花盆，颇有"咬定青山不放松，立根原在破岩中"的气势。他每铲一下，花骨朵就会掉落很多，我不停地啰唆："轻些，小心些，不要让花骨朵再掉了。"实际上，我的啰唆也是徒然，如果不用力，蜡梅不可能从密实如城墙的花盆里移出来。

保安兄弟满头大汗，衬衣领子都湿了，蜡梅终于从盆里提了出来，密密匝匝的根系如鸟巢。几百个花骨朵已经掉落了一大半，看着地上那些阵亡的花骨朵，我的心仿佛被铁蹄践踏过，后悔、心疼、不舍。早知如此，我就应该买简易塑料花盆的蜡梅，回家一把提出来就可以栽到楼下了。

我们合力如移动一件易碎的瓷器一样，把蜡梅栽到挖好的坑里，然后我填土用脚踩实了坑，在蜡梅周围用土拢了一个稍微凸起的圈，以便收集雨水。

一盆蜡梅经历了从低处到高处，再从高处回归到低处的波折。由于根系受损，我不知它多久才能恢复元气活过来，心里默默祈祷它坚强，给它起了个外号“梅坚强”，默念着：“梅坚强，梅坚强，你一定要挺住，不要辜负我，要活过来啊。”

此后，我隔三岔五地在早上上班前去看望它，它没有任何动静。我感觉它要抛弃我了，但是我还是不死心。

春节前，我请好了回青海探亲的15天假，想着等探亲假满回来后它会好转的吧。

人算不如天算。春节我没能回成青海，大半时间宅在家里。春节后的一天，我惊喜地发现那棵蜡梅终于活过来了。它终于从不语、不闻、不问的禅修状态中走出来了，好几个花骨朵都盛开了，如一个邮差从他的包里掏出一封封信，等着收信人喜悦地阅读。那一刻，我真有一种和老朋友久别重逢，想抱头痛哭一场的冲动。

那段时间，每天夜里都有霜，或许是霜的佛性点化了自我封闭的蜡梅。霜落在蜡梅上，如一层薄薄的袈裟，袈裟在身，慈航普度。蜡梅感应着这份召唤，寒风如打铁的匠人，一次次抡起无形之锤，锻打蜡梅的筋骨。蜡梅在旋涡里，霜的旋涡里，风的旋涡里，苦难的旋涡里，自省、自修、他修。它在自己的身体内部自我革命，突围，用一脉幽香给春天寄出了情书和钥匙。

蔷薇骑士

一

每一个不同的季节里总有不同的花上位，从配角扶正为主角。或许它们隐忍了很多时节，就为了能在一次盛大的节日里脱颖而出，用花骨朵的千军万马在时令的主战场上坐稳江山。

四月初，垂丝海棠、早樱的颜色即将失尽，准备谢幕后洗净铅华。晚樱异军突起，在各个公园、绿地、街道、广场声势浩大、张灯结彩地迎接自己的庆典。浩大的植物界，花朵、利刺、倒钩、锯齿形状的叶子就是它们的金戈铁马。看上去，哪种花开得繁盛，谁的实力范围就大。一种强势的植物就是一个独立的藩国，它如诸侯般割据势力，在自己的空间边界用色彩、香气构筑起独立又亲和的王国。

蔷薇正在赶来的路上，它将在一两个月的时间里活成春尽江南时最后的王。以前居住的小区地下停车场的楼梯出口有个玻璃房，玻璃房旁边有几棵蔷薇，每当四五月的时候，成千上万的蔷薇花密密麻麻趴在房顶上，仿佛在争先恐后地猜谜语。这和小学低年级的课堂没什么区别，当老师提问时，爱发言的同学抢着发言，我不让你，你不让我，意恐自己落后于他人，得不到出头答问题的机会。蔷薇花实在是太茂盛、太密集，一棵上面起码有近百个花朵。每当清晨散步经过的时候，我都不由得放慢脚步，伫立在蔷薇藤下，此刻它们成了老师，我成了学生，我被它们摄人心魄的气势涵养所震住。

蜜蜂在花丛中吟唱，令我想到庙堂里诵经的僧侣。这大片的蔷薇花不就是它们的《心经》吗？当然，我是一个道德有缺陷的学生，看到纷繁叠秀的蔷薇，不由得心痒、手痒，于是很不高尚地做贼一样，回家拿个剪花刀和纸袋子，心虚地剪上几枝，带回家，插在黑釉色的黄酒瓶中。家中有很多造型各异的酒瓶，我全用来当作花瓶。愚以为，色彩炫目艳丽的花宜插在颜色朴素凝重的花器中，这样容易形成鲜明的对比，有一种侘寂之美。

我的案头常年放着一套果麦文化出品的“中国人的生活美学”丛书，包括《浮生六记》《闲情偶寄》《小窗幽记》《随园食单》，闲暇时我经常翻阅。写到插花，我不由得想起李渔的《闲情偶寄》，他写道：“瓶以磁者为佳，养花之水清而难浊，且无铜腥气也。然铜者有时而贵，以冬月生冰，磁者易裂，偶尔失防，遂成弃物，故当以铜者代之。然磁瓶置胆，即可保无是患。胆用锡，切忌用铜，铜一沾水即发铜青，有铜青而再贮以水，较之未有铜青时，其腥十倍，故宜用锡。且锡柔易制，铜劲难为，价亦稍有低昂，其便不一而足也。磁瓶用胆，人皆知之，胆中着撒，人则未之行也。插花于瓶，必令中窾，其枝梗之有画意者随手插入，自然合宜，不则挪移布置之力不可少矣。”

李渔这段花器与插花的高论与我等老百姓有点距离，他作为生活艺术家，玩得太过高级，我等老百姓只能玩点普通的瓶瓶罐罐，滋养一下世俗生活中还不太油腻的心。

在花市闲逛，看到一棵高达两米多的欧洲月季，开满了橙色的鲜花，莫名喜悦，遂问店主价几何。店主为一老人，清癯、面善。他报价，我问如果买两棵价几何？他报价合理。我问他有蔷薇吗？他指着一棵很高的盆栽蔷薇说这棵很好。我看了看，起码有几百个花苞在上面，如同与一个失散多年的老朋友重逢，我欣喜地说就买这棵。

我把两棵花的价格报给他，老实巴交的他看上去做不了主，他说进去问问老伴这个价格行不行。很快，她老伴佝偻着腰出来了，形如一张单薄的纸。她让我再加点，她的样子触动了我的恻隐之心。我愉快地加了价，她露出笑容，让我内人把车开过来。

和花打交道时间长了，她很有经验，也很细心，不让我搬花，说自己帮我放进车里。她找出两张干净的纸，一张铺在前排副驾驶位置上，一张铺在车座下。瘦小的她很轻松地抱起花，如抱着一个孩子，小心翼翼地先把花枝头穿过汽车顶上的天窗，再轻轻地将花盆放在副驾驶位置上。两盆花的花枝头过高，全露在车顶。女儿说，汽车像个移动的花园，高出车身的月季和蔷薇灿烂地开着、笑着，被我们缓缓地请回家了。

善良如这老夫妇者，如花一样，自身带着清香。好人是这个世界的魂，是这个世界的花园。

二

小小的花盆承载着一个寄居在城市中的花木爱好者卑怯的梦想：宇宙、自然、天地那么大，在城市拥有一点泥土是多么奢侈难得的事情。泥土已被作为商品贴上标签，在花市、网店出售。这是稀缺的象征，也是城市扩张的后遗症。

土，给人以力、野心、诗意、困苦和希望。我常常对着花盆里的泥土发呆：如此不起眼甚至有些丑陋的泥土，却魔术师般孕育出纷繁美丽的花朵、各类美味果实。这魔力仿佛一种密码，掌握在天、地、节令手中。

有一次带女儿种花，因为买的是营养土，土质为黑色，且有点腐烂气味。女儿小心翼翼地一只手拿着铲子铲土，另一只手掩面，嫌弃这味道说：“这土太脏、太难闻了。”我说：“世界上没有比土更干净的物质了，看似丑陋的它种出各种花草树木，它不是很了不起吗？”

泥土对任何物种不分高低贵贱地接纳、养育，任何种子都有在泥土中繁衍生息的权利。任何物种都有被重视、善待的尊严。

被称为“生态伦理之父”的奥尔多·利奥波德一生所实践的，其实更是一种土地伦理视野下的共生美学，他说道：“一个事物，只有在它有助于保持生物共同体的和谐、稳定和美丽的时候，才是正确的；否则，它就是错误的。”利奥波德认为这种和谐应该是尊重宏观土地概念中的一切成员，成员之间享有平等的生存权与发展权，“土地伦理规范正在改变人类，从土地的征服者变成土地的一般成员，这意味着要尊重该共同体内的成员，也要尊重整个共同体”，只有这样的和谐，才能实现土地伦理视野下的共同体的稳定。

泥土让花木找到自信。

我买的那棵蔷薇盆的直径就20厘米，深不到20厘米。运回家后，我给蔷薇换花盆，想给它更大一点的家，好让它被禁锢在旧有世界、遵循旧秩序的根系能够自由宽松地安营扎寨，汲取蓬勃生长的营养和力量。为了花蕾不受损伤，也为了保护好蔷薇根系，我用剪刀把原来的粗帆布花盆剪掉，弃之不用，找来一个以前种凤尾竹的深花盆代之。新换的盆深有七八十厘米，直径也比帆布盆长了很多。这样的空间让蔷薇自由生长度更大。

我仔细观察了蔷薇的生长特性，每个花枝上有很多小分支，分支呈发射状又分出很多花苞，每个小分支结三朵，整个细分支均以三的倍数生出花蕾，一个细分支起码有十八个花蕾。这棵蔷薇我大概计算了一下，有六百多个花蕾。四月初它还没有盛开就如此兴隆，到月底盛开了，那真是壮观。

三

买花会上瘾，瘾是一种说不清、道不明的趣味，如同一个美的旋涡，让你情不自禁地陷进去，沉溺其中，欲罢不能。这种趣味实际上就是一种力量，吸引着你成为它的一部分，遵循其中的秩序，从中得到喜悦和满足。

在城市的阳台上构筑一方小小的花木空间，这是人脱离土地后的一种卑怯梦想，试图以花盆里不多的泥土和自然保持最亲近的关系，维系一种人与自然的理想状态。事实证明，这种理想在封闭的阳台并不尽如人意，甚至适得其反，毕竟很多花木并不适合在隔离风雨、阳光、地气的水泥空间里野蛮生长。它们屈居在城市的阳台，成为俘虏，接受着不公平的条约和待遇，过不了多久就会形容枯槁，最终香消玉殒。

买回来的花就是一个新的家庭成员。我总觉得蔷薇身上有一种骑士精神，“既含有优雅的贵族气质成分，又兼具信守诺言、乐于助人、为理想和荣誉牺牲的豪爽武人品格”。

蔷薇不是一朵一朵开的，而是一把一把开的，因此它豪爽，加上它身上的刺如武士的佩剑，颇有武人的品格。如果你想冒犯它，小心它的“利剑”

刺破你的怯弱和野心。

南方到了四月底，谷雨前后，蔷薇就肆意地盛开了，怎么说呢？开得没心没肺，开得不管不顾，开得我行我素，太任性了！五月的好天气纵容了它，诗酒趁年华，把自己打开，生命里最美的节日，千万不能辜负。蔷薇在枝头上坐忘，忘掉了时间的车轮，忘掉了风雨的吻痕，颜色会变浅，香气在消减，它慢慢地会通往圆融之境。自己把自己嫁出去，嫁给一阵好风，嫁给一双懂它的眼睛，嫁出一段好光阴，嫁出命运里的好风景。

有时候，我伫立在蔷薇面前遐想：在蔷薇眼里，人为何物？我们通常自以为是地认为植物是没有思想的，我们如此判断和得出结论，本身就是浅薄思想。我们不可以个体的价值观去判断另一物种。

花有圆融之境。盛开是它的节日，凋谢后的圆寂让它走向了真正的圆融之境，不争、不挤、不抢、不出风头，颜色失尽，寂然接受命运的安排。“轻轻的我走了，正如我轻轻的来”，明年我们再见，真是乐天派。

今年的天气有点反常，这个春天有点冷，导致一些花迟迟未能盛开，这些进京赶考的花骨朵啊，竟被一场场倒春寒给耽误在旅途上，从此命运被改写了方向和结局。去年的这个时候，我养的欧月每天都有花骨朵盛开，竹篱笆架下的牵牛花早已在练习爬藤，温习一年一场的演练，匍匐前进，向更高处寻找可以安身立命的势力范围。今年的牵牛花我三月底就下种了，到四月底，秧苗才出来，露了个脸。不知这一个多月的时间，它们躲在泥土的襁褓里做了怎样酣畅淋漓的梦，迟迟不愿醒来。

四月二十七日，蔷薇开始大量盛开，仿佛攻城的起义军一样，掌握了秘密进攻的最佳时间，在黑夜里潜伏，兵临城下，一朵引领着一朵，等着太阳一出来，光线落在身上的一刹那，一举突破，城门打开，花蕾绽放，锣鼓喧天，香气欢呼。到了初夏，它们引燃了一团浓郁、绚丽的梦，具体而虚幻。密集的花骨朵在风中摇曳，花苞里泄露出的颜色，火柴头一般擦亮黎明。如果是农历的十五，坐在蔷薇花架下，看着它们窃窃私语，密谋一场绚丽的彩排，该是多么妙之又妙的事情！简直无法言说。

蔷薇延续并成全了一个梦，一个世俗之人，在有限的城市空间里，对无限辽阔的大自然的探究与倾诉；在逼仄的生存环境里，放大对美的遐想，安放孤独与欢喜；在一株植物、一盆泥土的幽微里，成为美的参与者、亲历者、缔造者，并忠实记录它们恩赐的欢乐与牵挂。它让我多了很多种活法，身在俗世里深入，心向灵魂（我很不喜欢用这个词，今天的语境下有种非用不可的感觉）的高处攀去。

繁花拂高枝，朝霞送流云。每天早上起来去屋顶看花成为一种仪式，如果一天不看，我就觉得空虚，辜负了什么似的。看着密密麻麻的花骨朵以聚伞花序次第盛开，十分惊叹它的体内究竟藏着多么惊人的爆发力和耐力，简直就是世界马拉松冠军。它立足的地方并不大，更不肥沃，仅仅是一个深一点的花盆。然而，当它全部盛开，花朵缀满枝头，浩浩荡荡的气势颇有御风而行的豪迈。恋去夏日一树红，它把自己修炼成状元，更没想到会成为网红。这段时间，大量的蔷薇花墙出现在朋友圈，市区好几处地方长长的蔷薇花墙吸引人们蜂拥而至，去打卡、发朋友圈。那些蔷薇如瀑布般流泻下来，数以万计、十万计，简直在奔腾、在咆哮，成为色彩的帝国，势不可当，以它独有的美横扫天下，俘虏所有停留在花墙上的眼睛。

开到荼蘼花事了。说是“了”，其实是“不了”，这就是古人所说的“才下眉头，却上心头”“剪不断，理还乱，是离愁，别是一般滋味在心头”。一棵优秀的蔷薇每天都有后浪推前浪，每天盛开新的花蕾，每天也有花枯萎。枯萎的样子如一团被使用过的餐巾纸，揉成一团，皱巴巴的，那模样让人想起七八十岁老太太脸上的皱纹，干、枯、焦，这是岁月的特供，也是青春褪色后的车辙。

青年节那天早上去给花浇水，看到开败后花容失尽的落花不由得感慨一番。致我们终将逝去的青春，多少人曾在我们生命里来过又走散，花一样盛开又凋零。时间的河流里不知道涌动着怎样的无常，我们无法预测一朵花何时把黑暗打败，也无法保证它长盛不衰。生命在轮回，心情在更替，每天我们拥有同样的24小时，可是因为我们走的路不同，目光驻足的地方不同，自己的嗜好、偏向的领域不同，我们的选择决定了我们的生命质量，而我们的生命质量又和我们的心灵同频共振的风物相互滋养，于是丰厚了生命里的每一天。

繁花似锦，那么多的花站在一堵墙根下，塑造着它们的年华，也关照了我这个日益步入中年的男人。它们眷顾了我，给了我喜悦、幸福和平静的好心情。是它们在加持我，提醒我生活可以过得很平常，但不可以太平庸。她们柔中带刚，让我成为那一个往世俗深处走去、向灵魂高地攀行的人。

牵牛花的宣言书

我养成了在手机备忘录里记录植物生长的习惯。六月十九日，牵牛花开了。第一朵盛开的花是宣言书，是公告，向人间宣告美神的莅临，来改造我们在世俗世界里日益粗鄙的心。每一种花都遵循节气的谕旨，它们手中握着一把把我们看不见的钥匙，节气准点抵达，找到一朵花隐秘的锁孔，轻轻转动钥匙，只听“咔嚓”一声，钥匙打动花的芳心，花由衷地盛开了。这是节气的礼遇，也是花对大地的感恩。

世俗生活需要仪式感。每天早晨读几页书，洗了脸去看花，顿觉植物可亲，充满深情的一瞥，如同和知己打招呼。

看到露水和雨水星星一般落在紫色的牵牛花上，我内心的喜悦也在涨潮。露珠晶莹剔透，是天心点在牵牛花上的美人痣，染不得丝毫俗世尘烟。它从天上来，到人间有美驻足的地方投胎，最终还是要回到天上去。雨是花的镜子，颜色是花的胭脂，临水照花，花有时节俭，有时铺张，这和节气有关，也和花的脾气、心情有关。我不想惹花生气，只想取悦这些草木，取悦一段有仪式感的时光。花好月圆，多么中国的诗意图景。丽日红尘，花功不可没，花是植物界的道德模范，花是“好人”，好人是这个世界的魂，我们得真诚赞美它。

繁花如梦，梦里有江湖，有江湖的地方就有纷争。植物界也有江湖。观察牵牛花的生长，它盘成一股绳子，弯曲着爬在竹篱笆上。长长的木花盆里，我种了牵牛花、藤蔓月季、木香花和毛金莲。这些植物在一起会互相争斗。最具有野性张力的当属牵牛花，不管不顾，横冲直撞，把月季牢牢地牵绕着，玩弄于股掌。月季徒有一身利刺，只好老老实实地躲在它茂盛无比的叶子后面，恭顺地看着牵牛花爬过头顶，拓展它的实力范围。

那几天，朋友圈里到处都是世界各地的美景、美食、美人，羡煞我也。那我就在几盆花里旅行吧。牵牛花是植物界的平民，它只管野蛮生长，以它的智慧，在七月坐稳了江山。彼此缠绕着拧成一股绳，怯怯而又冒失地探寻生存空间。牵牛花具有一种冒失的精神，当然更多的是融入骨子里的随遇而安，落地就生根。七月是它的节日，盛开就是春节。我看过齐白石画的牵牛花，他画出了牵牛花的野性与天真。寥寥几笔就勾勒出藤的盘根错节与野蛮张力，简直就是我们乡下散养的野孩子。野是一种美学，狂野之美，是生命激越的劲歌，如牵牛花的藤蔓，有韧劲，不依不饶，拥有一种不达目的誓不罢休的长征精神。

星星之火可以燎原，牵牛花在篱笆墙上点燃了星星之火，把我的眼前燎出一片星辰，给世俗生活带来星光和诗，让我在想象的世界里拓展了现实生活逼仄的版图。

昨夜星辰。在一朵花的皱纹上细数光阴的车辙。衰老是一种必然的仪式，这仪式自有天然的庄重。我想，男人注重仪表、女人略施粉黛也是一种仪式，这是美好的生活态度，是对自己、对他人的尊重。花的天性如此，它不取悦任何外界，不会因为风能把花香带到远方，就献媚一朵微笑，也不因阳光温情抚慰它的骨头，它就点头哈腰，它遵循自然律令，到点盛开，到期凋零，一派天真、淡然。

牵牛花在宣言：天真可贵，淡然最美。

它是我的教科书。

马可·波罗是牵牛

牵牛花在竹篱笆上小心谨慎地拓展它的帝国版图，它有一颗小心谨慎而又好奇不安分的心。藤蔓如同地质勘探队员手中柔软的测量皮尺，准确测量、记录每天可能抵达的疆域。每天的路径都是不一样的，它似乎擅长在夜里行军，万籁寂静，有一支部队趁着夜色掩护，餐风饮露，补充给养，从低处向高处，从窄处向宽处，从暗处向明处，甚至从夹缝里寻找最适合自己的生存之道。认准一条路走下去，从白天走到黑夜，从黑夜走向黎明。它既是一根筋，又是一股绳。

它似乎又是运动健将，引体向上、立定跳远、单杠双杠体操、前空翻、后空翻等项目好像没有它不会的。牵牛花很有耐力和定力，一个夏天，它缠住一根绳子、电线杆能爬到几十米，真是令人惊叹，这等身手实在不凡。我不禁好奇地想：它的体内到底蕴藏着多少惊人的力量和勇气？它的毅力完全可以和2020年登上珠穆朗玛峰的8名英雄媲美。

我发现凡是藤蔓植物，都是植物界最优秀的作曲家，比如牵牛花、丝瓜、黄瓜、南瓜、豆角，在凌乱的草叶间打底稿，谱写音符，一遍遍按照自身的乐理书写、修改、编辑五线谱，每个时节的音符都是不一样的。它们绿色的血液里与生俱来的探索精神注定它们是改革创新派，每年写出新的乐章，在广阔的天地和逼仄的窗口、电线杆、篱笆、草垛、残垣断壁上演出一幕幕歌剧。

用探险家、体育健将、音乐家来命名牵牛花一样的藤蔓植物未免太狭隘，它们还是优秀的丝网版画家，在篱笆墙上行旅，画风自然、不矫揉造作，强调原创的生命力，用心着好每一抹颜色，构好每一幅图，在有限的空间里探究多种生命的可能性。生命苦短，必须性感。岁月无常，必须会玩。它们的画风是学不来的，我就是我，不一样的烟火；我就是我，不一样的颜色；我就是我，不一样的风格。

如果把牵牛花当作书法家，它最不喜欢的字体是楷体，但每一个书法家在启蒙时期必先从楷体开始打好基础，然后进入隶书、草书、篆书等。牵牛花最擅长的字体就是大写意的草书，甚至是狂草，我行我素，直抒胸臆，肆意泼墨，狂放不羁，大痛快也！它的线条笔走龙蛇，在粗细变化、转折顿挫中表达胸中山岳、河流、风云。

两年前的国庆节，我回过一次青海，老家的院子里爬满了牵牛花、毛金莲、月季花和各种菊花，这些花都是父亲种的，他坐在院子里的沙发上抽烟，眼睛盯住花池里舞蹈的花，笑意荡漾在眼角，表情如刚考了高分被老师表扬的学生，写满了满足和荣耀，很有成就感。那些交错纷繁的花花草草就是花池给父亲打出的高分。与其说是父亲在养花，不如说是花在养父亲。父亲76岁了，而花一直年轻，它们让父亲的心态不老。

父亲把成熟后的小铃铛一样的牵牛花的种子采下来，晾晒在阳台，等种子彻底干透后，让我带到南方去种。一把牵牛花种看起来不多，实际上有几百粒，那黑色的种子如眼睛，它们将更改户籍，迁徙到南方的土地里，安家落户，缔造自己的星辰大海。

我带了很多花种到了南通。气候的差异、土壤的差异、自然条件的变化不可能从本质上篡改牵牛花的基因。我们生命中所有美的源头都在自己的故乡，生命里最初、最深切的美的记忆无不是出生地所赐。

春天的时候，我把牵牛花种分给了好几个朋友，买来竹篱笆、长方形木箱花盆，在楼顶的公共空间里种下了牵牛花种。在神秘的时节中，看一粒粒种子如何解锁季节的密码。它们服从泥土的律令，遵循二十四节气的秩序，从一把泥土出发，踏上长达十几个月的命运之旅。于我而言，它们成长的过程就是我参与并见证了它们生命艺术行为的过程，我从中体验生存的喜怒哀乐、风霜雪雨。

作家残雪说："在这个世界上，世俗生活犹如滚滚的车轮，碾碎一切。一个人，如果他要在面对世俗强权的威胁时仍然保持他内心领地的完整，他就只有不停地分裂自身，不停地进行高难度的灵魂操练，以使自身胜任在那片无疆的国土上进行不懈探索的工作。"

为了满足内心的那种渴望，我不得不每天进行这种操练。我所做的，是发动内在的能量，去追寻那些早就消逝了的古老的记忆。我凭本能感到，这种操练没法停止，从很久以来直到今天，我就为它而活着。

一个人，不论是否写作，只要他保持艺术的敏感性，其作为"人"的素质就会得到很好的提高。所以说，艺术是最为符合人性与人道的，艺术也是最具普遍意义的。人类对于美的梦想，其本质就是爱。

牵牛花做了一个粉红色的梦，梦见自己在鸟鸣声中醒来。朝开暮合的牵牛花是驻守小区的那些鸟儿的盟友。鸟儿很尽职，夏天的时候，它们四点多就开始集合拉练，用一声声沾着花香的歌声统领我们一天的走向。一年365天，每天重复，等于只活了一天，若每天有细微的变化，就等于活了三百六十五次。鸟儿在打更，牵牛花一秒一秒睁开眼，呼唤风理一理它那被夜色的车辙碾出褶皱的裙裾，把露水当作镜子，抿抿有些干裂的嘴唇，计划一下今天的光阴，该如何给这世界着色？这是很重要的事情。我不知道它的时间计量单位是什么，一朵花盛开的速度或许就是它的一生吧。它是最有耐心的，碰壁受挫后一点不灰心，小心翼翼地将柔软的触须向另一个方向延伸，寻找一根可安身立命、长久依偎的绳子，一根可以攀缘的电线杆。攀壁而行，牵牛花是植物界最优秀的攀岩者。

每天都要和优秀而又美好的事物在一起。生了病的欧月在努力挣扎着铿锵开花；牵牛花如马可·波罗一样探险，寻找它的诗和远方；蓝花丹说它昨夜的梦境抵达了喜马拉雅山；春天扦插成活的蔷薇练习着吐露心声；只有菖蒲脱离尘世，孤零零在墙角修行。

鸟鸣如花绽放，牵牛花牢记清晨阳光的教诲，早起，用一点露水清洗夜晚落在它脸上舞蹈的尘埃。露水短暂的一生与牵牛花漫长的花期相比，一期一会，露水更令人珍重。朝开暮合，牵牛花的体内有一个物理时钟，植物最有契约精神，何时开，何时闭合，它们都严格遵守自然律令，似乎从来不会越轨，打破常规秩序。偶有犯规者，倒也逆反在反季节的时空里，成就不一样的自我。

《瓦尔登湖》里有句话很好，我非常喜欢：“我们天性中最优美的品格，好比果实上的粉霜一样，是只能轻手轻脚才能保全的。”我想，对于牵牛花一样的植物来说，它最优美的品格是：自然、朴素、寂静，冒险果敢地打破传统，打破自己，敢于到高处去，到远处去。

当牵牛花的藤蔓面积大于它赖以生存的篱笆、墙面、电线杆时，似乎再也无法忍受自己的安于现状，于是它们像起义军一样集结，从不同的方位向高于篱笆、墙面的地方进军。在夜幕的掩护下，借助一股风的力量，交织攀附在一起，然后拧成一股绳，在最壮实的一根藤蔓的引导下，踏上冒险之旅。能否顺利逾越高墙的军事堡垒，要等好的时机。我非常细致地观察过楼顶的牵牛花，它们拧成几股绳后爬到墙角，逾越军事分界线。奈何来一阵大风，它们刚刚匍匐前进到墙背后的藤蔓须子就被风吹回来，偏离了方向，让它们几天几夜密谋的战略功亏一篑，徒劳一场。它们似乎毫不泄气，嗅觉和视觉像雷达一样灵敏的它们伺机寻找墙面附近是否有晾衣绳，就像特工一样深藏不露，时机一到，就会抓住一切机会攥住晾衣绳，以螺旋状匍匐前进。

我不得不感慨这些柔韧的牵牛花简直就是一个自成体系、严密有序、作风精良的集团军。对胸有成竹的将军来说，没有打不赢的仗。这是气度，是自信，更是融入骨子里的那份优秀基因使然。

家里的阳台空间不够大，养不了多少花木，而楼顶的大平台成全了一个俗人与自然保持私密关系，并参与植物生命梦想的美好愿望。看似简单的养花种草，延续的是古老农业的秩序伦理。盛开的花藏着一个个幸福和喜悦的秘密，你抛下尘世的疲惫，来到它们身边，静静地凝视一会儿，会顿觉轻松、喜悦，是的，这些花木就是城市里治愈我们焦虑的安神妙药，可惜很多人都意识不到。

植物界的音乐课堂

每年春天开始的时候，五点光景，我总会在鸟鸣声中醒来，到了夏天尤甚。昨天在海安亲戚家的田园里，我仔细观察经历了秋冬季节的寒霜风雪后枯寂的丝瓜藤。藤水分失尽，干枯，横七竖八地搭在树与树、瓜蔓与瓜蔓的空间里，像被废弃的作战地图。有的丝瓜完全没有了内容，徒具一身褶皱的表皮，如枯笔留下的感叹号。很多卷须低垂着挂在细瘦的茎枝上，如弹簧，似螺丝，一匝一匝有序旋转着，大面积的枯藤看上去就像音乐家丢下的乐谱草稿，卷须就是这个乐谱上声音高低的谱号了，有的卷须挂在高音区，有的卷须挂在低音区。仔细一想，田园里有很多作曲家，风当仁不让要排在第一个，最常见的鸟雀、喜鹊、斑鸠、布谷是合唱团的主力队员，雨露、雷电、霜雾、禾苗拔节的声音是偶尔来造访参与修改乐谱的作曲家。冬天，它们共同组成了田园里侘寂风格的交响乐，曲调不会单一，每天经过的是不同的，每天穿插的阳光也绝不会雷同。

如果我们能毫无顾忌地在田野里睡上一晚，听虫鸣的合奏，听植物的交响，听星辰的小夜曲，听露水的圆舞曲，在这个微观世界里洗耳恭听日常喧嚣里听不到的各种声音，这声音纯净如水，有花香，有泥土的馨香，有植物的清凉，有墒情的底蕴，绝不亚于我们在剧院听到的那些高雅音乐。世界上最好的音乐就在山川河流、田野田园的肺腑里。再杰出的班得瑞也无法超越自然田野的原声，这原声就是一种治愈的良药，焦虑的人如果融进这方天地自然的音响里，把自己当成一个音符，那么病灶肯定会被自然界原生态的音乐祛除。

田园是宇宙里最优秀、最杰出的医生、教师、音乐家、慈善家、艺术家……

花：侘寂之后的涅槃

观察小区里同一棵绣球花夏天和秋天不同的容颜。色是花的霓裳，色是花的梦境。花做了一个梦，梦见了自己的枯荣。梦见它打败了时间，醒来后，它发现这仅仅是一个梦，时间打败了它。花容失尽，那渐渐衰老的身躯是一副苍凉的骨架，如苦苦思索的哲人，陷入终极的思考不可自拔。

花和人似乎面临共同的困境，在突围寻找一条可供栖居的路径。花会轮回，而人不能。无尽夏是花木界的杨贵妃，丰腴、气场强大，既雍容华贵，又有点超凡脱俗；既可以匍匐着活，也可以挺拔着生。繁华与侘寂这生命的两重境界都经历了，还有什么可贪恋放不下的？花比人淡然，枯荣自知，世态炎凉看尽，化作尘埃，陷于渠沟，来年又是一副好骨头、好风姿。人贪恋繁华富贵，终究活不过一棵树、一株草、一朵花。寂静欢喜，默然相爱。人与植物最美好的关系莫过如此。

茶花是最容易被误解的花，茶树开花有清香，而茶花则徒有其名，它似乎特别害羞，皮肤白皙，稍微和它开个玩笑，它的脸就会变粉、变红，薄脸皮的都有自知之明，茶花亦如此。鄙贱之物，大都具有强大的生命力，越是恶劣的环境，它越能随遇而安——你给我贫瘠，我还你颜色。清气乾坤，傲骨不空。茶花有点像洋葱的亲戚，似乎有很多故事，一层一层的外衣裹得严严实实，仿佛怀里抱着黄金，去往远方进贡。古诗云："落花无言，人淡如菊。"有时候，人淡如茶花更恰当，素面朝天，什么也不争。看到树下那些兀自零落的素洁花瓣，我格外感慨，想到青春岁月里那些发黄的信笺，早已不再光鲜，承载着生命历程中的欣喜苦辣，最终消失在记忆深处。

最近听喜马拉雅App上的《蒋勋细说〈红楼梦〉》上瘾，尤对"黛玉葬花"印象深刻。时代裹挟着我们拼命向前，如今再有人吟诵《葬花吟》，那就成了笑话。花就是土的语言，土就是花的棺材和词典。从上到下，从下到上，生命轮回，真实不欺，心象与物象转换，我们所遇见的，都是注定的劫数，是幸福的劫数，也是最自然的苦厄劫数。时空泅渡，斗转星移，一片不起眼的树叶，亦是红尘中的一页贝叶经。一片树叶上的教诲，就是一堂好的课程。

如此说来，残就是圆满，凋零就是功德，生命的繁衍抵达有了多种可能。

秋天，繁花早已撤退，只剩下寂寥的遗址。所有的雪都赶往朝圣的路上，而竹节秋海棠还在开花，孤零零不肯撤离，在晚秋带灯，等一个故人？等一个失散多年的亲朋？等一阵可以渡往彼岸的寒风？请记住来路，守住春天交给你的秘密。残海棠，秋天的首饰盒，不多的颜色总是那么珍贵。你是不被注目的角色，在枝头抱紧自己，抱紧自己的孤独，在风中重温过往繁华与薄凉。海棠如果落在雪上，就是月光落在碎银上。

秋实，丝语，繁华谢幕。牵牛花完成了它漫长的征程，不知疲倦的它总算可以停下来歇歇气，清点一下口袋里的种子是否有愧于每一轮日出。这受难的英雄母亲，在霜降这天走出了产床，拖儿带女，交给我们一个个新生命。藤枯了，干瘦，让我想起70多岁母亲的手背，这双手也是从苦日子里淬炼过风霜与困苦，才换得今天的安逸。每一个母亲都是战士，最终都战败在时间的疆场上，她们已经老了，但虽败犹荣。

牵牛花和世间的花何尝不是如此呢？风华和美是短暂的，而枯萎凋零如同一个终极的节日，召唤它们按时踏上归路，成为尘土，成为一种终将消失的能量和物质。它们风华过后是寂然，其实和人类没什么两样。活下去是一种信念，活得更好、更有尊严是一种追求。多开出几朵花，多结几粒饱满的籽，多探测一种可能抵达的高度，如同我们通过努力得到世间的认可。

宗白华认为，孤独的人和美最接近，当一个人悠游于艺术和美的世界，他的生命即被打开，鲜活的气息和灵动的思绪便把生命提升到一个自由的层次。花凋零，我不在它面前唱挽歌，阳光下，当你看到一粒粒种子在胎衣中蠕动它的手脚，脱壳而出的那一瞬间，注定了它们飞翔着抵达母亲创造的美丽新世界，延续母亲的使命，开启一段艰辛而又光荣的新长征。

花不会化妆，它活出了它本身的样子。花活出了自我，活成了一个审美者所希望的彼岸，而尘世间的我们何尝真正活出自我？我们应该在花木面前学会谦卑，收起那份自以为是的虚妄和陶醉。花从绽放到凋零的过程就是一个课堂，或者说是一部微缩的经典，其中的每一个细微的历程都有我们无限想象的空间和可能。

深秋时节的午休时，我常常到单位门口的濠河边散步，看到银杏叶纷纷飘落，这清逸、静谧之美瞬间击中了我，想起几年前朋友带我到延寿庵看的百年银杏。兴起，立即前往。可惜叶子落得差不多了。伫立在两百多年树龄的银杏树下，银杏树活成了我心中的老子、庄子、孔子，而这能和天空媲美的金色的叶子就是它的《道德经》，就是它的《逍遥游》，就是它的《论语》。谁也活不过一棵树，它驻守在这里，活着就是它的信仰，善良就是它的信仰，为人遮阴的善良就是它的信仰。一片一片黄金品质的叶子就是生命的册页，是生活的教科书。它像个老者般恬静慈祥，目光清澈如天空的蓝，没有一丝杂质的笑容，让我感到格外安详。静静地坐在阳光下的院落里，不用说话，就这样与它互相凝视着。

银杏是了不起的思想家、哲学家、布道者。一只猫静静地卧着，似乎在参道。它眯着眼的表情让我想起了八大山人用枯笔画的猫，画里的猫和延寿庵的猫表情惊人一致，莫非是八大山人托猫来和我神会？这样的时光没有尘世的浮躁，只是一枚枚叶子在风中雕刻静谧。

那段时间，我读了两本关于日本美学的书籍《日本色气》《日本侘寂》。其中有两段话我手抄在自己的读书笔记本上，其一：“所谓‘侘’，作为一种风尚，不是那些在生存竞争中失败的遁世者，与社会格格不入的隐逸者离群索居的避难所，而是为了涵养一种优雅娴静的心境而崇尚清寂。有了心广体胖的心境，自然就有了‘侘’的风体。”其二：“最靠近我们身体的某些器物庇护着我们的住宅、住宅外的庭院、庭院外的大自然，按远近的顺序，我们的生命意识便是具体的事物、具体的主观立场，以不同的程度在广阔的范围内加以扩大。”

好书就是好的花木，其中的乾坤，花知道。

莳花仆

春天的时候买了很多书，其中一本是北京大学朱良志教授的《一花一世界》。

朱教授说："一朵小花的意义，是一种回到世界、归复本真的智慧。恒河沙数，宇宙中每一个存在都可以说是微小的，短暂而脆弱的人生更是如此。一朵小花意义的顿悟，其核心是强调，生命本身就是一种权利，知识和秩序是人的创造，但不能成为霸凌的工具，人不能将世界的一切置于知识、欲念的统治之下，或者居高临下地'爱'它、悲天悯人地'怜'它，或者无情地鄙视它。”

实在不好意思，我整段引用了他的话。可是，我实在太喜欢他的书了，家中几乎买齐了他的著作，有《曲院风荷：中国艺术论十讲》《中国美学十五讲》《顽石的风流》《真水无香》《石涛诗文集》《八大山人研究》《生命清供：国画背后的世界》《南画十六观》等。

一个男人，尤其是一个生活在南方的青海高原的人，整天沉溺在这花花草草的幽微世界，似乎格局太小了，似乎不见刚健雄风。我不这么认为，任何一个宏阔的世界，不就是由这些幽微的个体支撑着，在日月光华中滋养着自己的价值吗？

草木生活为我的格局翻案。种花养草，是物我世界的呼应与观照。当我沉溺其中时，收获的是喜悦。它如同慈母，安抚儿女在尘世中浮躁困顿的心；亦是良师，教导我们如何顺从时间的律令，在自然的逻辑变化中捕捉本真的美好，洞察生死轮回的真相；更是知音、知己，在一个精神的空间里彼此欣赏、放空、融合、同频共振。

我习惯每天清晨在小区散步半小时，总被那些细微的事物所吸引：喜鹊在楼顶高处祈祷；黄雀在樱花树上吸蜜；垂丝海棠拿出了春天的小火柴；麻雀谨慎地在草丛里扒拉草种……花香隐约真实，喜悦就在当下，“朝饮木兰之坠露兮，夕餐秋菊之落英”。有天早上在小区散步，偶然看见一只鸟在啄食玉兰花的花蕊，真是高级！顿觉它就是鸟类中的屈原，饮露汲取花的琼浆，颇有君子之高洁情操。鸟最具有洁净精神，素食为主，它们肯定不会有高血脂、高血压、高血糖，更不会因为尿酸高而引起痛风。鸟和草木彼此净化，有一种天然的朴素本色。花蕊里不多的琼浆是天赐的圣水，而这只鸟何其有幸，领受了天的谕旨，想必身心更加轻盈，在晨光的熹微中更加喜悦地飞翔。花开鸟惊心，当有歌声在它小小的体内响彻，当有鼓点在它细微的脉管澎湃，这芬芳的遇见，花正开，颜色恰好，美酒开窖正当时。我驻足观察，莫名感动。

三月初，红叶李迎来了盛大的节日，花朵如一簇簇的雪，爬在树枝上辨认回家的路。它们深耕一个季节，飞翔、坠落、飘零、殉身，把春天抬高8米、10米，冶炼春天的美。春天因此富有，对，春天是矿主，有世界上最富有的矿，那些花朵和它们的颜色就是春天缤纷多彩的矿藏。有时细雨中花瓣凋零，轻盈飞翔，似乎在说：美是凋零，是塑造，是一个生命对另一个生命的体恤、观照，是生命姿态的深刻转换。

平生偏好花中色，个中不与俗人说。我常常将相机定格在雨后的花枝上，捕捉那些落在花上的雨，颇有宁静、庄严、肃穆之感。如果把这些花上的雨水收集起来，用纯色素瓷杯泡绿茶，妙韵尽藏。

春天也是残酷的。阳光不锈玉兰锈，时光磨砂冰雪皱。春天如一幕戏剧，将美搬上舞台，主角是它们，芳华腾挪，容颜失色。美凋零，追随时光的车辙。而看到这些带伤的脸，更觉生命深刻。美终将清简归零，如战士退下战场，武器沉默，那带伤的指纹，见证光阴，见证美如何击败时间，又与之达成和解。来年春天，我还来指认那些碑文一样的树枝筋骨，如何托举春天蹚过一个个黑夜，把黎明的光引渡到玉兰的酒杯中。“你未看此花时，此花与汝心同归于寂；你来看此花时，则此花颜色一时明白起来。”

春天即将接近尾声，撕开美残酷的真相。所有的凋零，都是春风的练习簿，一页一页褪色的草稿，背诵春天在场的证词。落花流水，玉兰没有更改户籍，它在原地凋零，为我打开另一个福祉。

“倾壶待客花开后”“出竹吟诗月上初”。花半开为美，全开荼蘼，锈也。有时在房间里插一时令鲜花，一夜过后，污浊的酒气熏得鲜花仿佛跳悬崖了，可见世俗肉身这尊化学品仓库杀伤力有多强。

去年秋天养了一盆毛金莲，我用自制的自来水桶花盆将它高高地吊在了阳台南墙上，花期过后，不知何时掉了一粒花种到花架上的君子兰盆里。这粒种子沉睡了大半年，过了年后，我浇足了水，无意中竟然看到它发芽了，然后在10天时间内迅速生长，今晨开花了。毛金莲的香气是美的，小区里雨中樱花的身姿是美的，红叶李的眉眼是美的，梅花雨是美的，在这么多美中生活，没有理由不经营好每一天的时光啊。

“闻多素心人，乐与数晨夕。”我也经常和邻居在楼顶一起种花，交流养花草的心得。有时候，我去外地开会，热心的邻居会主动帮我关照我的花草，我们之间相处得很融洽。是的，我愿意和心灵同频的人在一起，让平常的生活因为充满欢喜而不平常。

每天清晨散步时，我总在想一个问题：一年365天，如果一个人每天活出不一样的内容和生命态度，那才真正过了365天，而不是单调机械地按照物理时钟，把365天重复了一遍，只过了一天。是的，好的生活，就应该是找不同、过不同、得不同。

我，一个貌如土豆的中年油腻男，只想做一个花木的仆人，追随它们，在有限的世俗生活中，尽量让自己过得丰富些，活出另一种可能。

味谁而来

河流受孕于六月，雨让它丰腴。小满过后，麦子聆听夏风的教导，有了进步，小腹鼓胀，略有学问。麦芒学会了弹竖琴，琴弦干涩，暑气中麦粒等着坐化，在六月脱下它的袈裟。

杏子飘黄，尽管它一直在枝头，从青涩到酸甜，仿佛游学归来，有了一些立世的资本，褪去了少年不知愁滋味的浮躁，稳健地缀在枝头，盘弄着夏日的调色板。

桃，一点儿也不轻佻，“桃之夭夭，灼灼其华”的春天已经远去。到了夏天，它从多年的媳妇熬成婆，总算可以不用看他人脸色，做自己的主人了。是的，只要穿上红艳的衣服，桃子就是自己的掌柜。体内的那份甜，让它不再屈从；甜，巩固了它的地位。夏天是水果们改朝换代的革命时期，它们是胜利者，人人手中掌握着真金白银——甜。

有江湖的地方就有座次排序，如果给夏天的水果投票选老大，我毫不犹豫地投给西瓜，因为它镇住了整个夏日的浮躁。热，让人不耐烦，更易浮躁。西瓜上市了，它迅速占领了大街小巷的门面。草莽英雄有了出头日，它用甜杀开一条血路，成为这个季节的掌门人。西瓜、空调是标配，成为自然文明与工业文明的黄金搭档。自然界的水果与现代机器联手，调理酷热季节里人们容易紊乱的心绪，用一剂透心的凉和甜夺取六月革命的胜利，树立自己的威信和口碑。

都说丑人多作怪，对此，苦瓜要投反对票。苦瓜有话说：不是有苦说不出，而是实践是检验真理的唯一标准。不信你去清炒嘛，苦只是表象，苦尽甘来才是本质。苦瓜说，退退火，歇歇脚，不要急于下结论。毕竟丑陋的瓜果有一颗菩萨心。去热、减脂、降血糖，苦瓜简直就是一个高明的医师，只是我们现代人常常对丑的事物没有好感，因为我们世俗的肉眼看不见一副菩萨心肠。苦瓜自尊自爱，人们对它丑陋的外貌所保持的偏见根深蒂固，但它不为所动，把苦当作信仰，在苦海里修行，朝着“甘来”的方向迈进，咬定青山不放松，苦瓜就是大法师。我不由得想起“苦瓜和尚”石涛的语录：“然贵乎人能尊得其受，而不尊自弃也。”石涛恳切地希望画家能得到一画之法的真谛，并且明白其中的道理，否则很难达到大成，乃至自弃。

西瓜貌似大款，其实是一介布衣；苦瓜体形修长，却是早已修炼成了仙风道骨。

几位亲戚说今年瓜果的收成特别好。清晨在小区周围散步，瓜果几乎在奔腾、在咆哮：丰收啦！丰收啦！几乎每棵树上的果实都算盘珠子一样缀满枝头，主人不得不用粗壮的木头搭起架子，防止果枝折断，其实很多已经折了。有老人在地里弯腰干活，弯腰，这古老的姿态，谦恭、勤俭、温良。大地的教诲是不让人站直了劳动，只有谦卑地保持弯腰的姿态，始终对土地保持一种恭敬、低头、感恩的姿态，土地才不会辜负人流下的每一粒汗珠。土地的道德是忠诚、仁慈、平等，这也是它的民主。它会对人的劳动回馈以数倍的果实。那些遍地开着的花就是它奖励给弯腰劳作的人的勋章。在过程和结果中，它更在乎劳作的过程，过程决定收成的后果。这是正比例关系的自然法则和伦理道德。

秋风尽头

芝麻率领千军万马，一支就可以活成一个部队。这挺拔向上的壳，是它灵魂的巢穴，它们一律保持同一种姿态，向秋天告白，一根笔挺的脊梁就是秋天的旗帜，就等太阳一声令下后脱壳而出。芝麻破壳而出的刹那，仿佛一种涅槃，它让痛苦成为灵魂发出的香味。从春到秋，处在青春期的每一粒芝麻都躲在幽闭的壳里修炼。这是多么寂寞的事情啊。

芝麻一身金黄，黄皮肤的信仰是向善、向美、向上。秋风染尽植物，给它们慢慢披上袈裟。我在清晨散步，加入这素朴的队伍，成为它们的亲戚朋友。

秋风薄凉，为人世的每一次日出满含衷肠。这深情厚谊，古老而又忠诚，抚慰着大地上的风物一天天走向衰老。

枯藤搭起秋天的灵棚，秋风吹过，唱着最后的挽歌。田野里的花儿开成夜里守灵的眼睛，接受月光的加持和露水的洗濯。鸟鸣传送稻禾的美德，寒蝉凄切，感恩大地的功德。芝麻微小，却抱着天空的一角。花生落地，最密的心事有着最浓的褶皱。肉身归于泥土，美德内敛如稻谷。勤劳、隐忍、吃苦是大地给予花生的教诲。植物们安宁如学生，认真领会通俗的哲学。叶子的衣裳破了，等着风用针线缝补。花的眼睛涩了，期待神的抚慰。彩虹的脊梁终究要消失，走过风雨的脚步，天空会传颂它的功德。

银杏弯腰搭起彩虹，羽衣还未上身。桂花等待盛开的钟声。鸟的叫声像蹦豆似的，对着安身立命的树木表达衷心。九月，芙蓉成为主人，昂首进门。紫薇骨头最硬，手里握着一把首饰般的星星，等待黎明。喜鹊盘桓云顶，宣布十月的喜讯。睡莲在早课中睁开眼睛，风声如梵音让我静心。月季佩剑，握紧手心里的刺，谁的美丽不带锋芒?

寒蝉凄切声声，白露在黑夜里提炼纯金。绣球花褪去华袍，一派天真，守住初心。它们丰腴，有素面朝天后的从容，引领蝴蝶上升。一声虫鸣的浅吟低唱是一段征程，这微型的宇宙标本里藏着一个辽阔的疑问。人生如寄，我们终究和它们相同，寄居在这世界的表层，如一只禽虫，不存在孰轻孰重。

我常常清晨在田野里散步，遇见这些植物，它们如同老朋友一样在原地等我。雨水是它们的沐浴露，洗濯身上的尘埃。露水晶莹，探测人间还有多少尘埃污垢藏在肉眼看不见的褶皱里。雨抚摸这些花木细腻如婴儿的皮肤。

现代化的收割机是审判官，对每亩地的收获最有发言权，它的车辙经过的地方，是案卷上圈阅的符号。它是否满意土地的答卷，全在于车辙的深浅。车辙是土地的表情。田野里一垄垄不多的荞麦头戴白帽，密密麻麻，簇拥在一起，不分你我。现在，很多人已经不认识荞麦了，就如同世俗社会里有人不待见命运坎坷一肚子苦水的穷人。穷人是这个世界的良心，我的那些穷亲戚有着这个世界上最自然、洁白的心。命运不垂青他们，他们天天吃苦，荞麦也一样寂然地活着，活着就是最大的哲学。

田埂上、柴垛上、被拆迁后的残垣断壁间，扁豆花太野了，没心没肺，我行我素，看上去缺乏教养，太自由了。越是自由的植物活得越是蓬勃。或许，植物的词典里没有“教养”这个词，大自然的节气是它们的老师和律令。扁豆花在秋风中擦亮一簇簇火苗，天空因此生动，仿佛最贴切的一个词找到了最适合它的空间，成就了自身的意境。

柿子飘黄，刚采摘下来时黄绿相间，在家里放一段时间，它坚硬的心在时间之霜的调教下变得柔软、通透。涩味褪去，火气不在，它咽下苦涩，和时光和解，在黑暗里交换一勺甜，沁人心脾是对柿子最好的表扬。

掐一枝扁豆花回家，插在空酒瓶里，这是一瓶微缩的秋天。寒蝉抱紧瘦琵琶，在残弦上取暖。桑田里，桑树的老枝爆出嫩叶，尽管是深秋，但颇有“病树前头万木春”的春意，这多像母亲受尽磨难，让儿女迎来黎明的曙光。

谁也不比一朵野花孤独，蓝色的朝颜零落田野，一朵花的天堂就是一些草木的星辰。一口大缸被遗弃在拆迁后荒芜的庭院前，颇有点行为艺术的感觉。空洞的缸睁大眼睛，对着星辰日月，它成了小禽虫的安乐窝。缸残缺，所有的风华老去，青苔在缸壁上安营扎寨，蹲在原地，如改朝换代后最忠厚的那个老臣，忠心于老帝王，可是帝王已经灰飞烟灭，只剩残垣断壁。走到土地中间去，看朝露打湿一片草叶，看草叶上的露珠在月光下歌唱，然后施展它们的隐身术。

秋风冶炼着桂花体内的黄金。闭关的人开始出山，桂花禅定，打开一部经典，仔细聆听，似乎每一朵桂花都在诵经，香是它们的声音。我想攀着香的线索，深入它的内心，看看一个俗世中人是否有望清除壁垒。桂花很轻，承受不了我的肉身，我只能减掉身上多余的部分，才能和它认亲。

我常常觉得植物都是慈善家，具有人类所有的美德，却鲜有人类身上的龌龊。美好的事物易逝，一场秋雨斩落树上正在开放的桂花，幽香寸断，零落成泥。没错，芬芳是植物灵魂的香气。

到了十月中下旬，桂花从农村突围，包围了整座城市，终于坐稳了它的江山，开始接受秋风的朝拜和人们的礼赞。桂花在竞赛，朵朵胸有成竹，似乎都不愿意甘拜下风。

兰花孤冷，桂花热闹，不同的脾性拥有不同的“花”生。十月是桂花的春节，沉寂了许久终于迎来盛大的节日，要排场可以，那就把十月的舞台租下来，把每一朵花开成自己的舞台，把每一寸花香当作一个路牌，在时光深处让人们照见草木初心。

这仿佛是节日的布施，喜鹊的叫声是桂花的味道，空气被驯服变糯，就连我们的鼻子都不属于自己，它暂时叛逃了，皈依于桂花的浓烈。桂花慈悲，植物慈悲，不要用劣质香水来形容桂花，否则就是亵渎了这份情谊。这个时节，它把一年所有的储蓄都拿出来做善事，谁还好意思对一个慈善家的公平和道义评头论足。

我在跑步，风中的香气是桂花给我的掌声。这让我的心中一直充满感恩之情。

桂花信仰十月，信仰蓝天，信仰清澈的风。秋风锤炼着它的胳膊，阳光锻打着它的芬芳，那一寸寸芬芳有了黄河、长江般的奔腾豪迈。抱紧这十月的阳光，抱紧父亲般的胸膛。蹚过黑夜的头颅不言寒露过后的悲凉。秋天给人安慰，父亲不说疲惫，我依偎着秋风送来的桂花香，奔跑着丈量属于自己的孤独土壤。桂花香莫不是勋章？浣洗尘埃落尽的胸膛。野生的力量集结，我更爱和田野在一起，和草木一起野蛮生长。孤倔是我的血性，守拙是我的背景。

桂花富有，是植物界家里有矿的金主。它不吝啬，就像我的朋友们。桂花广种福田，因而它身上自带光芒，那浓郁而悠然的花香就是它体内的光。

十月，桂花广结善缘，鸟们栖居在桂花家里储蓄歌声，排练歌剧。桂花有一万种好，可惜我说不全，你能说出江河日月的万种恩泽吗？不能。那就谦逊地在桂花树下仰起脖子，深情凝望它，轻轻说一声：桂花，你是佛。

植物独有佛性。每天清晨在桂花香中跑步，感觉活着的每一天总是那么紧张。桂花开的那段时间，鸟鸣如子弹，沾着桂花香常常袭击我。我沦陷于这芬芳的战争。桂花坐轿，王子一般在风中巡游。它没有贴安民告示，在美面前人人都应该臣服。

这些美好的植物是城市的安神剂，让我们找到自我，花开花落给光阴刻度，刻度渐深，让我们明白自己真正需要的是什么。美不是沦陷，而是找到方向和契合我们神魂的门牌。慢下来，听听桂花如何敲钟，节气的钟声里是生命最本质的回声。

去年的秋天太热，到了十月下旬，桂花犹抱琵琶半遮面。桂花虽然迟开，但美从来不会被辜负。今年秋天偏热，桂花一直躲猫猫，迟了20多天。很多人都在期待桂花早日盛开。我在不同阶层的人的朋友圈里看到他们对桂花的期待。大家期待的不仅仅是一种色彩与香气，更是一种情怀，根植于广大市民骨子里的情怀：生活中不能缺少桂花这样的美。这是审美的陪伴，人与草木共荣的相守，是亲切温热的呵护与欣赏。我不由得想起南通先贤张謇的一句经典之语："天之生人也，与草木无异。若遗留一二有用事业，与草木同生，即不与草木同腐朽。"再追根溯源，1905年，张謇创办南通博物苑时，只有一个办馆理念"设为庠序学校以教，多识鸟兽草木之名"，这就是对灿烂的中华文化的传承，是对《论语》中孔子提出的"多识于鸟兽草木之名”的生动诠释。

桂花的美德就如先贤的品格，草木都在给予，护佑着一方水土的文化和生于斯、长于斯的百姓。通城大街小巷、绿地公园、小区楼堂、山川河岸等处处可见桂花的身影，桂花不争、淡定、清逸、友善、平和，有一种源自植物内在秉性的善。

虽然迟开，但桂花开得自信、刚毅、浓郁、喜悦，城头变幻大王旗，它们仿佛一夜之间进入了春节，可以张灯结彩，可以弹冠相庆，这是桂花的革命，满城尽带黄金甲，桂花黄袍在身，香气盈袖。它用自己的琐碎当武器，坐稳了江山。虽然终归凋零，但桂花不在乎身世飘零，一身的香气就是才华，骨子里的自信就是基因，不与世界争的达观就是姿态。

桂花友善、亲和，具有儒家文化的内在美德，虽然因气候和温度迟开，但它仍然遵守节气的律令盛开。儒学是教养，是文明，桂花就是植物界的儒家文化的传播者，把“仁爱”“仁义”“包容”通过色彩、香气潜移默化为社会礼俗与文化，成为老百姓日常的生活信念。

桂花的香气如一把钥匙，打开通城百姓守候了多时的千千结。草木可亲，亦师亦友，如亲人，似知音，桂花平淡日常，司空见惯，但不可或缺，是十月里一场全民盛大的节日。

无患子褪掉了袈裟

春天和秋天都具有改革的色彩，春天是开拓者，秋天是改革派，以大红大紫开始，然后不断否定自我，否定繁华，让自己归零，从大红大紫走向萧瑟寂寥。所以，秋天更胜一筹，勇气可嘉，繁华不可怜，风骨犹在身。高傲、孤寂、浓烈、格格不入、标新立异，不就是秋天的脾性吗？我就是我，不一样的烟火；我就是我，不一样的笔墨。任你繁华万千，我闭门锦绣着色；任你风云起落，我偏爱人生浓烈。大富大贵见过，繁华看尽，栏杆拍遍，不愿成为大江大海，就愿成为最决绝的那条长河。

每次散步路过那些色彩浓烈的树，我总会停下脚步，立正，毕恭毕敬地向它们致敬，默默地向它们说一声：你们真了不起。我把这些秋冬季节的树当作父辈，它们背负风霜，驮来了一个又一个黎明和晚霞；寂然修行，送走了一个又一个浓烈的黑夜。每一个卑微、普通的父亲，都是我们生命里的舟，他普度我们，自己却在风雨雷电中修行，越来越老，越来越丑，越来越小，最终像一个远征的战士，渐渐无力，向时间缴械。

秋天的色彩会杀人，即便伤不了你的肉体，也会射穿你的眼睛和心灵。每次经过这些黄透了、红透了的树，我真的会放慢脚步。不是怕，而是肃然、穆然，它们修行得道，洒脱不羁，不管不顾，不唯唯诺诺，这样的树是急性子的，是胆汁型的树格。管什么呢？活着就要洒脱一点，颇有李白那种“天生我材必有用，千金散尽还复来”的豪迈、自信。行者无疆，活得透彻。不掩饰，不虚妄，自己把自己推往火坑，凤凰涅槃，浴火重生，晚一点出名又何妨？不出名又怎样？不为人所知，无所谓。你尽管春夏峥嵘，我自己枯荣自知。

它们携带金箔，冬天的风霜颇具工匠精神，一点一点，一分一秒，不疾不徐，慢性子熬，慢慢锻打，有什么可急的呢？时间是最好的解药、最好的钥匙、最好的辩证法、最高明的老师。一切痛苦烦恼，在时间面前总会被打回原形，也会锻打出新的特质，更会打出它们绿皮肤里的黄金，淬炼出它们叶绿素里的积蓄。

无患子在中国，自古即为人所熟悉，并广泛应用在日常生活洗涤上，因此相关记载繁多。由于幅员辽阔，且资讯流通不便，对无患子之称谓也就非常多。《本草纲目》称为木患子，四川称油患子，海南岛称苦患树，亦被称为菩提果、洗手果、肥皂果树、假龙眼、鬼见愁等。它喜光，稍耐阴，可耐零下10℃低温；对土壤要求不严，深根性，抗风力强，能耐干旱；萌芽力强，生长快，寿命长；对二氧化碳和二氧化硫抗性很强，是工业城市生态绿化的首选树种。

秋风袈裟，寒霜衣钵。一棵棵树就是我们身边的世界里寂然修行的长者。经过它们的时候，停下来，用几秒钟的时间向它们致敬吧。

我真想做一个扫地僧，伫立在树下的时候，面对如此华贵奢侈的色彩，我总有很多天真的想法，即便身无分文，我也情愿做一个扫地僧，和这些树林厮守在一起。看它们金黄的肤色染透我的内心和眼睛，看它们繁华落尽，枯枝一身，征服我内心深处那些虚妄的执念。它们舍得放下一生的黄金，让自己归零，而我还有什么放不下的？

所有的树木都是导师。

大自然就是最宏观而又最微观的熔炉。我个人认为，植物具有一种武士精神。武士精神强调“绝对的忠诚”“绝对的坚韧”等，而这些植物对大自然绝对服从、绝对忠诚，从来不会阳奉阴违，说绿就绿，说黄就黄，说红就红，说卸妆就卸妆，鸣锣收金，绝不拖泥带水。自然界里绝对的忠诚与服从，这纪律是铁，这纪律是钢，这纪律能淬火。

到了十二月末，无患子经过漫长的等待与寂寞的修行，终于等来了得道的那一天。所有的功德不是一夜之间修来的，而是一点一点积攒的。就像过日子，不挥霍，把好光阴一针一线、一粥一饭慢慢节省出来，到了重要的时刻供奉出来，成全美德。

仔细端详这黄得透明的叶子，我为自己的无知而羞愧，我们只记得尘世间那些所谓有用的、重要的人物的名字，谁会记住一棵树在霜的威力下生涩的名字？一朵花在风中摇摆挣扎的模样？一枚叶子如镜，照见我们内心的污浊。一枚叶子上的脉络承载了春夏秋冬的河流车辙，在时间的纹路上，美在蹒跚行进。在这些澄明的植物面前，所有的修辞和赞美都羞于出发。有时候，我们活得不如一只蚂蚁和蜗牛，它们缓缓探索爬行，在树的最高处，听高处的风声，饮高处的露水，食高处的霜分，看高处的世面，颇有“世外高人”之高妙之境。

十二月下旬，无患子褪掉它的袈裟，所有的叶子都将落尽，从高处泅渡到地面，在自由落体中，给一年的光景画上一个句号，无悲亦无喜，无憾亦无怨。我不由得想起福克纳的墓志铭里的一句：“紧抱着我的泥土自会让我呼吸。”生命从无中来到无中去，这种生命辩证法诞生美和爱，给我们以警示。突然发现，我和这些花草树木是多么有缘。我居住的小区名字里含有“吴中”二字，莫不是这些植物受了大自然的神谕来陪伴我，做我的知音？让我在无中生有，找到属于自己的句子？

果真，一个星期后，我发现无患子的叶子全掉光了，仿佛一夜之间，它从一个上市公司的董事长变成一个穷人。那曾经的富贵加身沦为一无所有，所有耀眼的光芒褪尽，只剩下一副铮铮铁骨。树木的减法就是人生的大乘。想到郑板桥的那句书斋联：“删繁就简三秋树，领异标新二月花。”在秋天守住活着的尊严，守住那从简的心，熬过冬天，萧瑟的皮囊里就会拥有另一个春天。

人与植物之间应该保持一种情侣的关系，你以敏感的心去善待它，在季节更替中感知它的风霜雪雨，领受它的喜怒哀乐，植物就是我们的爱人。

春天的繁花，冬天的枯枝，植物的一生如一个学书法的人，从“真草隶篆”各个书体的入门到全面开花，最后选择自己最擅长的书体，并进入萧瑟、枯瘦之境，从加法到乘法再到减法，拣尽寒枝不肯栖，从中悟出妙道。那么多的叶子就是树练习书法的草稿，它们一个字一个字地把自己写老，一寸一寸地把自己塑高。

有时候绿色并不代表希望，绿色过多反而显得泛滥。或许因为进入中年，我偏爱萧瑟之秋，这种气象颇符合中年的心境。该有的有了，何必再去争风头？有虚妄的执念的时候，就乖乖地站在一身金黄的无患子树下，静静地坐一会儿，看一片叶子如何从高处无声地落下，它不舍、它滑翔、它飞舞、它抉择，最终接受归零再出发的命运，或许你就释然了。

赫尔曼·黑塞在书里写道：“你的内心总有一处宁静的圣地，你可以随时退避并在那里成为你自己。”很多时候，当我们面对阳台上、大自然里的花木时，我仿佛找到了知音，它们无语也不争，它们让我们找到了自己。

所有的植物都有一间当铺，它们坐在时光深处，随着二十四节气的更替，当掉它们的花、香气、颜色、果实、汁液乃至肉体，只留下自己的美德。

拜访一棵柳

一棵红柳活成了一块碑，矗立在刘家村通往城台乡山谷之间的河滩上，镇守着无边的孤独、空旷和荒凉。

树身底部被雨后由上游的洪水裹挟来的大石头撕裂，一大部分树皮早被揭掉，裸露的被撕裂的树干一层层如撕开的精肉。树高有20多米，树皮粗糙、丑陋，布满裂纹。面对这棵红柳，我不由得想起书法碑帖中的“颜筋柳骨”。这棵树的外形并不好看，但是裸露在外面经霜的树干告诉我，什么是真正的筋骨，什么又是真正的柔韧。它在荒原，如一个孤独中老去的将军，尽管满脸皱纹，却丝毫不向岁月低头。在洪流的吞噬、烈日的暴晒、狂风的抽打中，穹顶之下，它活出了尊严，令人肃然起敬。

树冠上有两个硕大无比的喜鹊巢叠在一起，巢里细细的树枝和棉麻已经陈旧松散，看上去早已弃之不用。

这棵红柳随遇而安，落地生根，在荒滩上安营扎寨，活成了一支部队。我无法考证它的身世，但可以判断，肯定不是人刻意栽种的。打我记事起，那棵树就在老家名叫祁家旱地山脚下的河滩上，起码有四十多年了。河谷里常年流着从几十公里之外的山涧里顺流而下的洪水，水中带着远方的泥沙，一层层往前扑腾着，扑向不远处湟水河的怀里，如同小分队与大部队的集合。

裸露在河滩上的石头大小、形状、颜色不一，密密麻麻地静卧着，如同成千上万只乌龟在退潮后的沙滩上聚会，这让我不由得想起电视剧《西游记》里晒在石头上的经卷。这些石头沉默了几十年，习惯了和这里枯寂的沙滩、鸟鸣、风霜、蓝天、云彩和在贫瘠的盐碱地里隐忍修行的植物们为伴。

走在荒滩上，空无一人，成群的麻雀掠过，子弹一样，栖息在山头的悬崖上，将头埋进身子里啄羽毛，它们对我这贸然的闯入者，没有任何警惕之心。风从高台上压下来，石头沉默不语，在沙滩上苦苦抱着一点盐碱地存活的细小红柳弯腰看着脚下的石头。这是一块盐碱地，除了淤积的泥沙、石头、不停流淌的浑浊小洪流，没有任何营养可言。芨芨草倔强地挺直腰杆，一簇簇抱在一起，如情同手足的姊妹一样，在荒原里开出芦花般的穗子。那是它们举起的旗帜，在空旷中写意生命的柔韧赞歌，在无尽的孤独中把弱小者对洪流的逆袭展现得淋漓尽致。这些小小的胜利者和红柳、石头、大榆树、野花、柠条一起组成了耐旱耐碱的命运共同体。

荒原、星辰、田野、山川、悬崖、河流组成了一个宇宙，这里的动植物是它的子民，而我只是一个逃离乡村而又眷恋着它的矛盾体。我漫无目的地在河滩散步，脚踩在石头上，惊醒了它们亘古不变的梦，惊扰了这份静谧和天地秩序。

我看到石头缝里长出一株野花，花为十字花科，瘦而细的枝干上缀满了蓝紫相间的花。我很羞愧，因为叫不出它的名字。现代智能手机里教人们辨识植物的各种软件早已让我们速成为“植物学家”，轻触手机屏幕，就打开了一个植物王国，但是我们对植物的认知永远是肤浅的。我们不愿意探究一朵花的前世今生，习惯于走现代的捷径，于是，识别软件在短短的几秒钟内充当了教科书的角色，让我们隔着屏幕认知一朵花的姓氏、血缘、籍贯。我们将对美的信赖交付给这些冰冷的电子设备，让它们在浩瀚复杂的世界里拼接起一个全新的认知宇宙。这到底是时代的进步，还是人的探索精神的退化？

野花、野草、野鸟、野果、野风，这些带有“野”字的生灵有一种与生俱来的生命张力，洗涤我们在尘世对美麻木的眼睛和心灵。我们应该将目光从城市的电子屏幕、交易平台、银行汇率、物价波动中移向自然界的野花、野草，它们才是人类的初心。在一朵花幽微的眼神中洞见天地恩赐的清澈与芬芳，在一株草纤细的腰肢中，看它如何小心翼翼地把一颗颗露珠钻石一样挂在头顶和太阳交换光明。

走到这里，我对另一种植物肃然起敬。山谷两边的山坡上生长着一种叫柠条的耐旱植物。柠条，又叫毛条、白柠条，为豆科锦鸡儿属落叶大灌木饲用植物，根系极为发达，主根入土深，株高为40—70厘米，最高可达2米左右，生长于海拔900—1300米的阳坡、半阳坡，耐旱、耐寒、耐高温，是干旱草原、荒漠草原地带的旱生灌丛。柠条具有防风固沙，保持水土的作用，这主要是由于柠条的根系较为发达，林冠层茂密，可以保护地表，在暴雨天时可以减轻雨水对地面的冲刷，还可以拦截泥沙。在流动性较大的沙地种植柠条，可以将其变为固定或半固定的沙地。柠条具有较强的固定二氧化碳的作用，还可以释放氧气，其繁茂的枝叶还可很好地平衡地温，缩小昼夜温差，具有改善生态环境的作用。柠条还可以增加土壤的肥力，因其为丛生灌木，根系发达，且具有穿透、挤压、胶结等作用，可强化雨水的渗入，减少土壤中水分的蒸发。柠条凋落的枝叶、死根等可分解生成多种营养物质，可改善土壤的结构层，改良土壤，增加肥力。

柠条是穷人，是仁者，是荒原上的慈善家。它出生卑贱，家在缺雨少水的黄土地，贫瘠而又荒凉，但它不在乎出身贫寒，一意孤行地将根扎向深处。我见过最深的柠条裸露在悬崖边，根长有十几米。这需要多大的耐力和定力！它向大地表达着它坚定的决心和意志。深不可测不可怕，怕的是输掉自己的那份意志。它们在地下角力，向深处扎去，以自己的弱将土地的贫救赎过来，捧出绿色和花朵。柠条的树冠长满了刺，像佩剑的武士，和脚下的黄土不离不弃，捍卫着出身贫寒的那点尊严，将荒凉兑换成些许绿意，远远望去，它们是荒山“草色遥看近却无”的绿眼睛。

在西北地区的山川之间，柠条是绿色使者，牢记大地的教诲，撒播绿意。它一生都在给予，如同母亲。这荒原上的母亲，隐忍、坚韧，没有雨水，却抱定自己的信仰。在干旱少雨的高原，有时候几个月都没有雨，但它们拼命活下来，开花，结果，让干旱把自己修炼成壮士。如果说给西北的植物记功，我肯定给柠条和萝萝蓬投最高票。

荒原是一个天然的博物馆，是一本植物志。荒原是一个大词，而我只是一个短短的音节，一棵渺小的红柳、一块木讷的石头、一株寂然的柠条。我依赖着这份荒凉，让自己从乡村出逃，然后躲在城市的繁华中矛盾地回望。故乡，总是一种矛盾而又辽阔的心情，更是我们共同的围城。

我的肉体早已脱离了荒原，脱离了贫瘠，可为什么每年回到老家，我去祖坟上烧纸祭拜的时候，总是不由得走到河滩上的那棵红柳前，如一个小学生虔敬地仰视，然后低头不语。荒原如书，这棵红柳是书脊，而我只是它浩瀚阡陌上一个微不足道的小小标点。

老子在《道德经》中写道：“道生一，一生二，二生三，三生万物。”这是他的宇宙生成论。他在这些简单的数字中参透天地之道，阐述生命最基本的伦理秩序过程。用老子的思想来认识我们的故乡，那么故乡就是我们每个人的“一”，它生了“二”，“二”又生了“三”，一切酸甜苦辣、生死轮回、喜怒哀乐都源自“一”这个母体，我们的个体生命只是源头中分出的一条微小支流。故乡可以无限大，也可以无限小，大到无边无垠，小到一张邮票、一个门牌号码、一个姓氏、一种口音、一种肤色、一种饮食、一棵树、一种谷物。我们在微观中与宏观共呼吸，每一个人都是故乡版图上的一粒泥土、一株作物。柳在山涧，你在高原，高过我的一切所得，高过我的每一滴泪水。

观荷记

清晨观荷所得，经过长久的暴晒，有的荷花完全凋零，莲蓬里莲子渐渐成熟，仔细数了一下，有的莲蓬里的莲子是奇数，比如7和9，有的是偶数，比如10和12，这其中有何奥妙呢？大自然真是一位高明的数学家。

莲蓬成熟以后缓缓地低下了头颅，如同一个深思熟虑的思想家，经过漫长的思考，完成了一个生命的终极课题。思考是痛苦和幸福交织的自我革命，是突破与超越。莲蓬低头的表情里布满了皱纹，这是时光的车辙碾压的印痕，验证着生命生死疲劳的古老命题。

有时候大风吹来，摇动莲蓬，吹落里面的莲子，有的落在尘埃里，有的落在荷缸里，有的被大风吹走，下落不明。落在缸里的莲子经过一个冬天漫长的沉思和长眠，在第二年春夏之交，缓缓爆出新芽，仿佛经过漫长的思考，又重新申报新一轮的生命课题。美，不知疲倦，而那些颜色和芬芳，就是它们思考的光芒。

生死轮回，所有的喜怒哀乐、酸甜苦辣，所有的春夏秋冬、风雨雷电，都是生命里过往的界碑和邮戳，立在时光的重要转折处，印在关键的历程处，显示着生命轮回的古老命题：美也罢，丑也罢；长也罢，短也罢；荣也罢，枯也罢；赞也罢，贬也罢，都是生命里的过往云烟，无论形态如何，一切都将归于孤寂。寂也是风华。一副立在冬天的狂野里和残荷缸里的身骨，安安静静抱守着骨子里的朴素与宁静，从不拒绝落在头上的积雪和风霜，越枯越深沉。

作家李汉荣说：“生命中最好的部分，当是大自然的诗性与人的内在灵性交融而成的那种纯粹浑然的美好意境。”一盆荷花我养了整整十年，2011年买的小藕，养在小荷缸里。2017年冬天，放在室外晒台上的冰釉缸被冻裂了。2018年搬家时舍不得扔掉，我把荷搬到新家，室内养不活，就连盆捐到小区的公共池塘里，希望在大自然的滋养下它能长得更加蓬勃。事与愿违，一年来它长得并不好，后来，我又搬回来，换了一个特大的荷缸，将它养在一个公共平台。十年来，这缸荷给我太多的喜悦，我早已把它当作家庭重要的一员。每年酷热的盛夏，我每天早上给它注满清水，这已成为夏天里我生活中最有仪式感的一件事情了。如果一天不侍弄，缸里的水会蒸发掉三分之一，荷叶就会枯焦。与其说我在养荷花，不如说它在养我，物我关系中，它调节着我世俗生活中的肉身，每天清晨，彼此相望欣赏，我在植物的寂静生长中找到一种与世俗生活拉开距离的平衡感。

我也曾在盛夏的清晨每天早起，看完花，多次用小楷抄写葡萄牙诗人费尔南多·佩索阿的那首流传甚广的诗歌《你不快乐的每一天都不是你的》。恕我今天再次引用："你不快乐的每一天都不是你的，你只是虚度了它。无论你怎么活，只要不快乐，你就没有生活过。夕阳倒映在水塘，假如足以令你愉悦，那么爱情，美酒，或者欢笑，便也无足轻重。幸福的人，是他从微小的事物中汲取到快乐，每一天都不拒绝自然的馈赠！"

粗略算，假如人的一辈子只有三万多天，人与人的不同在于：你是真的活了三万多天，还是仅仅生活了一天，却重复了三万多次。那么，我们每天努力让自己过得不同一些吧，"不同"才是时间的价值所在。

人到中年，我越来越认识到如何生活、活成什么样，这才是真正的艺术。尽管我经常被家人批评：沉溺于酒肉的生活质量太差。那么，当另一个早醒的我，和花木在一起的我，安静地写下自己真实状态时的那个我，就是我生命的不同。

我不知道风从哪里跑出来背走了荷香。荷叶焦灼，护卫着膝下拔节的花朵，枯是太阳撒下来的一把盐，住在华美的颜色里还原生命的真相。花蕾，谁的胭脂盒？举旗的小手啊，一律向上，荷香开口，花萼惜言，一点一点打开自己，照亮一个俗人最宁静的星辰。

有时清晨从荷缸里剪几枝含苞待放的荷花，插在家中的花瓶里，由于插花技术肤浅，没有专门学过，遂查阅了一些资料。书上说，花材保鲜，传统上有火炙切口、蜡封切口、热水浸切口等法，使花枝根部切口不易腐烂，这样才能保证吸水，使花始终保持水灵，瓶里的水也不容易腐坏。或将切口击碎、扩大，可以使得花枝吸水更佳。如宋代林洪在《山家清事》中说："插牡丹、芍药及蜀葵、萱草之类，皆当烧枝则尽开。"即火炙切口。欧阳修在《洛阳牡丹记》说插牡丹"以蜡封花蒂，乃数日不落"，即蜡封切口。明代邝璠的《便民图纂》总结道："如牡丹、芍药插瓶中，先烧枝断处，熔蜡封之，水浸，可数日不萎。"花枝剪下，先把切口烧一下，再用蜡液封住，这才插入瓶内，就能保持多日不枯萎。

平时愚笨，水平达不到书上的标准，常常翻阅家中几本与插花有关的书，中国插花艺术家徐文治的著作《瓶花六讲》《瓶花之美》等。我尤喜徐老师的一段话："中国文化讲究的是'生发'，从当前的境况，当下的情感、情绪出发，才是最为重要的。每个人的喜欢不同，一定要从感动自己的地方出发，这才叫艺术。"养花、插花如此，为人处世何尝不如此?

世俗的光阴里，有那么一两瓶造型不一的花，在不同时令、不同空间滋养一段和静清寂的时光，生活是家常的，有时甚至是庸常的，但正因为有了这些花和美的介入，平常心也就变成了欢喜心，欢喜心又萌生了进取心，让时光更丰沛，让生命更丰富，于是生活不再简单重复，在花木的光影中照见福祉。

丑橘的《心经》

这个世界上的穷人往往有着最世俗的名字，似乎一生下来他们就应该背负这种不公，似乎贫贱就是他们的宿命。

水果界亦然。这几年，水果界的新品种异军突起，在城市的各个角落安营扎寨，占据人们的味蕾。丑橘大有起义成功一统天下的架势。

毋庸讳言，丑橘有着蜥蜴一样凹凸不平的皮肤，简直就是水果界外表一言难尽但内在学富五车的“扬州八怪”，甜是它最大的才华。如果用国画来临摹，我想，枯笔之墨色才能表达出它那种欲说还休的内敛。丑橘擅长设置悬念，丑嘛，尽遭人嫌弃，那它可就理直气壮地丑给你看，丑陋有理，革命无罪，谁丑到最后谁就最甜，仿佛它掌握着哲学家的最后一张王牌，不到最后关键时刻是不轻易露出家底的。我想，如果八大山人还在世，他来画丑橘，会不会让丑橘表皮上隆起的肉疙瘩都统一长出一只只孤绝的白眼——来，一二三，茄子，我们一起来翻白眼怎么样？我丑怎么了？我丑我光荣，我丑就不和你玩，我丑就喜欢脸上挂一张统一的表情，我就热爱翻白眼，我就不给你抛媚眼，大不了我重回山中寺庙做一“个山驴”（八大山人名号之一）。

丑橘应该是南瓜的远方亲戚，基因有点相似，外表离优等生距离起码10条街。但外表的憨厚并不能掩盖丑橘内在的自信，不是有句流行语：怀才就像怀孕，时间长了总有人会看出来。丑橘大腹便便，不能用暴发户来形容它，文气一点的名字就是“好看的皮囊千篇一律，有趣的灵魂万里挑一”。水果也是腹有诗书气自华嘛，实际上，丑橘装了一肚子学问。它修炼到这一步容易吗？它不靠颜值吃饭，而是靠内涵独闯天下啊。

丑，有时候是有一点性感的。丑橘个个虎背熊腰，似乎一身都是蛮力。叶柄处的结节短颈犹如火炬，如果叶柄朝下倒过来，仿佛火炬上举了一盏夜明灯，引领人们向着甜蜜的生活冲。

前段时间，内人从网上买了一箱丑橘，打开箱子的那一刻，我突然有一种久违的亲切感，仿佛那些一年难得一见的远房亲戚，瞬间捧出最大的热情和善意给我，让我来不及接受。接吧，太多，一下子承受不了；不接吧，会伤它们的自尊。这世上，有些好是不能洪水一样一下子给出来的，要像地下泉一样，从泉眼里一点一点渗出来，他人方能懂得你的好。

丑橘皮厚，价格不菲。用这厚厚的防御工事构筑内心酸酸甜甜的贸易壁垒：你们不可以欺负我，否则让你吃不了兜着走。这种鲜明的对比实在有趣，怎么个有趣法呢？有的丑橘酸，酸得仿佛打翻了醋瓶；有的丑橘甜，甜得让你想起初恋。

无论价多高，都配得上丑橘所经历的苦难。冰冻三尺，非一日之寒，它一生都背负着骂名，不贵点对得起它短暂的一生所经受的风霜吗？

水果王国没有一统天下的永恒霸主，一年四季，不同地域、不同口味、不同颜色、不同个性的水果，都在自己的帝国里你方唱罢我登场，谁还没有点才华啊？甜是才华，苦是才华，涩是才华，水分也是一种才华。水果摊简直就是水果界的擂台、时装秀场、脱口秀战场。美不是统一出来的，而是差异出来的。美是具体的、生动的，它最反对的就是统一。统一是标尺，可真理不掌握在尺子手中，而掌握在制作尺子的工匠手中。我想，水果们热爱的不是尺子，也不是秤砣和价格，它们爱它们自己。

丑橘一个个都长得个性十足，它们的酸或甜像一个高明的导师，驯服我们的味蕾，最终使它俯首称臣。不是我不明白，是这世界变化太快，就几年的光景，丑橘逆袭成网红。它的经历就像励志版的乡村少年，忍辱负重后，突围成喝咖啡的白领。如果跟踪、记录丑橘从落地生根发芽、开花结果，到最后在城市寻觅出路的一生，绝对是一部非虚构的精彩纪录片；如果水果界也有奥斯卡金像奖，丑橘和榴梿这两种外表独特的演员联手参演，肯定有望角逐最佳内涵奖。

说一千道一万，丑橘从遥远的村落跋山涉水而来，完成它的长征，和我们在城市胜利会师。不用它开口说“亲，给我一个五星好评”，无论多酸、多甜，我都会很自觉地给它一个五星好评。不为别的，就为它饱受的那份苦厄。

几年前，我在故乡乐都西来寺里看到清代名将左宗棠题写的一块匾额，上面刻有他大气厚实的书法：五蕴皆空。当时我不理解“五蕴皆空”是什么意思，现在多次通读《心经》，终于明白了其中的深意。

每一种水果都有自己的“五蕴”。当丑橘给我们的滋味渐渐散尽，我知道，它引领我们走向了生命的另一个世界：每一种水果都在修行，苦尽甘来，前方就是彼岸。

海棠记

道生一，一生二，二生三，三生万物。万物负阴而抱阳，冲气以为和。人之所恶，唯孤、寡、不谷，而王公以为称。故物或损之而益，或益之而损。

——老子《道德经》

多年以后，当一盆垂垂老矣的竹节秋海棠面对它三四百盆分布在江海大地六县一市的孙子、曾孙、玄孙、来孙、晜孙、仍孙、云孙、耳孙们时，会不会想起十年前它的主人乘坐绿皮火车，把它从长江源头带到长江入海处的江海平原南通市。植物道参天地，俗人沉浮烟火。而我就是沉浮人间烟火的那个俗人，背负着根深蒂固的植物情结，从高原到平原谋生定居。

大概十年前的春节，我回青海乐都老家探亲。假期将满，临走时姐姐对我说："我从阳台的花盆里剪两枝海棠给你带到南通，花很好养，开放时特别美，一串一串如同葡萄，花期也很长。"

这花外形酷似竹子，叶大，枝翠，叶子上有斑点，颇有点《红楼梦》里湘妃竹的感觉。竹节脆且易断，如何把它从两千公里之外的地方带回南方，这让我颇费心思。

姐姐帮我想了个办法，找一些吸水的卷纸，泡在水里浸透，用这些纸包住竹节秋海棠的底端，用细绳子拴紧，再把它轻轻放进从一侧纵向剖开的矿泉水瓶子里，然后装进酒盒，和火车上的吃食放在一起，随身携带，避免在行李架上被挤压坏。

就这样，我小心翼翼地把它带上火车，铺位安顿好后，我第一时间把它毕恭毕敬地放在铺位之间的小餐桌上，颇有点供着它的意思，像供奉自己最珍惜、最庄严的家谱。

一路上，火车跨越湟水河、黄河、祁连山、渭河、华山、八百里秦川、南门峡、淮河、长江，最终抵达南通，这一番路程让我不由得想起歌曲《平凡之路》里的歌词：

我曾经跨过山和大海 也穿过人山人海

我曾经拥有着的一切 转眼都飘散如烟

我曾经失落失望失掉所有方向 直到看见平凡才是唯一的答案

当你仍然 还在幻想 你的明天 Via Via

她会好吗 还是更烂 对我而言是另一天

我曾经毁了我的一切 只想永远地离开

一株竹节秋海棠的户籍就这样改写了。到家后，我把它栽到阳台的花盆里，它就这样孤零零地安营扎寨了，如一个孤独的司令官，一个人活成一支部队，驻守这有限的阳台上的疆场和光阴。

半个月的光景，海棠完全复苏过来，腰杆挺拔，如同肺叶的叶片舒展开来，仿佛要投入到一场全新的事业当中，开辟新的生机。我家阳台朝南，采光非常好，一个多月的时间，海棠完全大变样，长高了很多。正是阳春时节，阳光每天从窗外冲进来，鼓动着海棠不断拔节，仿佛教唆它长大后跟自己私奔。哪个少年不怀春？哪朵花没有心事？不久海棠开始结花骨朵，起初，花骨朵紧紧地包裹着，表皮的一层如襁褓，若隐若现的那一点点红如襁褓中的婴儿。渐渐地，襁褓里的那点红一天天撑大，这些初生的婴儿准备施展拳脚开创美丽新世界。它们冲破襁褓的那一刻，革命取得了胜利。那么弱小的花骨朵，攒足了劲儿，撕裂了那层禁锢它们的包袱。它们抓住了那束教诲它们的光，仿佛找到了启蒙导师，导师教会了它们发表红色的独立宣言。

两个月的时间，海棠长了好几节，海棠花再也不是婴儿的模样了，一簇簇的，古代宫廷里有棱有角的宫灯一样撑开了，一枝花箭子上能开出几十朵花来。花的叶柄密密麻麻，极其有规律，如化学课本里的分子结构图，又如原子的裂变图，一层层，加倍裂变、衍生，再裂变。时间长了，新枝上爆出的花葡萄一样密集，把新枝吊弯了，我给它命名“花葡萄”。

花生长的时候也是在吃苦吧？从孕育花骨朵，经历怀胎、分娩的种种艰辛，花开成了自己的佛。它用喜悦成全自己，用凋零深沉自己。

一个夏天，家里的海棠长到了近两米，开出了近十枝花箭子，整个海棠颇有儿孙满堂的喜庆。海棠越长越高，时间长了，就很少再开花了。莫非它生病了？想念遥远的那个家了？花也会有乡愁的吧？

我打电话向远方的姐夫请教，他是养花高手，他说把花从关节上方一寸处剪下来，泡在水瓶里。过段时间就会从关节处重新爆出新枝，结出新花苞。我说我舍不得剪啊，姐夫说舍不得剪，那它就只长个子不开花。

犹豫再三，我痛下决心，拿起了“罪恶”的剪刀。那段时间，网上流传着“待我长发及腰，哥哥娶我可好”，以及各种变本。我也不能免俗，在剪海棠的时候做了一首打油诗：“你已长发及腰，我给你两刀真好。为了你的前程曼妙，阵痛过后是你的荣耀。”

茂盛的海棠花，在刀刃给予的短暂疼痛中修行着。当我的剪刀穿过它的身体时，我明显感觉到花在惊悚，它的肌肉在收紧，神经在痉挛。然后，有清澈的汁液缓缓渗出，是泪？是气血？是控诉？是阵痛过后的欣慰？是仇恨？是慈悲？是感激？我说不清，只有花自己知晓。

养花需要一颗慈悲心，练就这颗慈悲心实属不易。

后来，我把剪下来的海棠水培了半个月后带到办公室，栽到花盆里。或许是我办公室的风水好，那海棠在向阳的窗台上开得格外茂盛。几个月时间，又长到了两米多高，机关里的同事经过我的办公室时，都不由得进来赞美一番海棠，感慨我这边的风水好，花愿意开。或许花和人一样，也有虚荣，这种虚荣会助长它的灵性，越赞美越旺盛，越赞美越机灵。

有的同事有事没事就喜欢到我办公室串门，一进门就眼巴巴地盯着吊满宫灯般的海棠赞美个不停，有的拍照发在自己的朋友圈，有的拜托我一定给他水培一两枝。不断有同事向我求海棠枝，我让他们自选我剪下来泡在水瓶里的海棠枝，他们挑选了如意的花枝，脸上带着满足的喜悦和期待走了，而我却有点失落，尽管他们对我连连感谢，有的甚至回馈以礼物，但我总有一种嫁女儿的悲壮与不舍。一枝枝海棠流落到市里、县里、区里、镇里、村里。那一年，我们机关里大大小小20多个办公室里都有我“分娩”出去的海棠花。他们遵照我的养花心得，也不断地剪枝、水培，然后分别送给亲朋好友。

海棠在不同的空间里轮回、涅槃。我们单位是一个处级单位，单位名称的最后三个字是“管理处”，同事们笑称说：竹节秋海棠是我们的处花。我想，这不是我的荣耀，而是海棠经历一次次阵痛后自身修来的荣耀和福报。

嗯，真是英雄的母亲花。

我经常在朋友圈里晒海棠花开花谢的图片和文字，看得南京、苏州、盐城的作家朋友们个个心里痒痒，纷纷向我求花。于是，我找来硬纸盒，小心翼翼地包装好，快递过去。我快递过去的不是花，是对美的期待、流转、希望。我知道，只有懂它的人才配拥有这样同频的共鸣与珍惜，每一枝海棠抵达新主人家时，我都有一种“一期一会”的庄重感：我交给你们一枝花，如同交给你们一个孩子，你们要庄重地承诺，要善待它，给予它你们的悲喜。

苏州的作家王一梅、东台的作家丁立梅，她们收到我的花后精心伺候，花开后都给我拍来图片，分享那份喜悦和快乐。美衍生美，美在美中做乘法，美在美中分娩。所以我说，竹节秋海棠是最英雄的母亲。

而今，被我分出去再被同事、朋友分出去的海棠，保守估计起码有几百枝了，如果哪一天把这些花收集起来，开一个认祖归宗的大会，那该有多观啊！那些花子、花孙对着自己的祖宗虔敬地跪拜、倾诉，是多么生动、庄严而又无与伦比的美啊？！

人与花是两个世界，人与花的伦理就是亲情的伦理、友情的伦理、爱情的伦理。至于修到何种层级的伦理关系，那就看我们粗糙的日常外表下，是否有一颗细腻、善良的心来对待这些植物界的使者。

花是使者，它让人间尘色因一颗慈悲的心而俗烟渐无、尘心顿尽。

第二章

水流任意
境常静

人间烟火皆是深情

Chapter 02

和露水交换眼神的清晨

到田野里去，接近一种源自泥土的久违的本真，看看那些植物如何保持身体的洁净、灵魂的庄重，看它们绿色的肺叶供奉出内心深处的清香。土地赋予它们平等、民主和自信，它们想怎么开就怎么开，不必统一韵律，也不必统一色彩和衣裳。如果植物和人一样穿上统一颜色、款式的衣服，那它们就是没有灵性的零件和机械的活物。它们是高明的音乐家，给予我们耳根的清静和眼睛的安宁。它们每个个体都独一无二，不可替代，参差不齐就是美感。每次看到城市绿化带、小区绿化带、景点中被一把现代利剪修整成整齐划一的几何形状，被统一高低、大小、宽窄的植物，我都会对它们不幸的命运抱以同情，替它们愤怒。人类的掌控欲无处不在，统一的标准就是对美和生命本性的绞杀、凌辱。谁来为它们申诉?

露水从黑夜跋涉而来，趁它还没有跌进太阳的熔炉，我来做它的密友。草叶是它的邮箱，挂着渴望的表情等待黑夜的大使和黎明前赶来的故人。我在田野里游荡，大片大片的鸟鸣被我吸进胸腔，清洗我的心肺肠胃。有虫子已经偷走了小青菜青春期的秘密，草叶上蛀空的洞宛如少女镂空的蕾丝裙。臭虫趴在芍药上，如海盗停泊在港湾，伺机掠夺一艘艘船上的芬芳和颜色。上天却宽恕并厚待每一个生灵。青春期的芍药开始有了心事，我的小女儿也有了她的秘密。瓜果的睫毛上还挂着露水的外套，濡湿一片叶子和它的日记。露水不就是星星的日记吗？星星有多少，露水就有多少。喜鹊在电线杆上预测今日喜讯将莅临谁家，麻雀最勤劳，早早出工，在树梢上鸣钟，虫子们听到考勤的号令，它们该出来活动啦。

我走进一片橘子林，橘花正在盛开，浓郁的花香如炸药，稠密、醇厚，我仿佛撞进一座莫大的酱香酒窖。一棵大果树就是一座酒厂。我录了一分钟鸟鸣、晨岚的视频，这完全是现实版的班得瑞音乐世界。很多人家拆迁了，主人早已搬到集中居住区的别墅了，断壁残垣处有芍药、玫瑰在呼啸着盛开，有的花开到荼蘼，干瘪枯萎，美人迟暮，故人何在？烟水茫茫，凋零是它们的回忆录。废弃的老井是风烛残年的老人的眼睛，青砖黑瓦、门牌早已锈蚀模糊，时代的铁蹄没有在上面留下指纹。巨大的米缸孤独而又凌乱地躺在拆了一大半的门墙外，里面早已没有耳鬓厮磨的稻谷的体温，取而代之的是不知何年何月的雨水和砖头碎末。

走在田埂上，我倍觉幸福，绿色是大自然永恒的旋律，而懂得深入这旋律，才有可能打开一个开阔的秘境，在这丰富的声音里抵达生命的辽阔和悠远。

我的脚步惊动了附近人家的狗，它们天生有灵敏的雷达感应系统。多久没有听到狗吠了？这久违的声音把我拉回从前，一声声鸡鸣狗吠里储蓄着我丢失的童真、乡村清澈的倒影。很多声音渐渐从我们的耳边消失，少年时期的笛声远去，老手艺的声音彻底消失，家畜的声音日益稀少，取而代之的是各类艺术培训班里孩子们沉重的叹息，艺术成为工具，爱好变成负担。

友人作家周华诚在他的文创品牌“父亲的水稻田”中有句名言：“目光清澈的人，在那稻田相见。”我想套用一下：“心底柔软的人，在那田野神会。”田野隐藏着一种制约紊乱的系统，我常常纳闷，平时做事毛毛躁躁的我，一走进田野就变得平静、细腻、缓慢。我享受这种状态，田野如导师，摁住了我的野心、欲望和聒噪。田野有神秘的驯服力量，它是高明的医生，安抚着苍生患有暗疾的肉身和心灵。当我的脚步落在田野里，我仿佛叩响了一个琴键，回应了大地的关切和安抚，它托着我这尊凡俗的肉身慢慢走向清凉之境，这就是“默然相爱，寂静欢喜”。我想到陶渊明的诗《移居》：“昔欲居南村，非为卜其宅。闻多素心人，乐与数晨夕。”

从前，我就一直想移居到南村来，不是为了挑选多么好的宅院。听说这里住着许多纯朴而高洁的人（所谓择邻而居），我愿意同他们共度每一天的时光（所谓志趣相投），观日出、看斜阳。自己动手，丰衣足食，我们快乐地在南村安居乐业；这种踏踏实实的躬耕生活，永远不会欺骗我，不会让我失望呀。

巧合的是，我所散步的地方就是海安市城东镇南屏村。陶渊明有他的南村，我也有我的精神南村啊。

鸟语在拯救我们的耳朵

每天清晨，听窗外的鸟语，仿佛成为一种必修课。听，是一种融合，未免让人想去破解鸟语中的音节，参与进这种鸟类最虔敬的歌唱仪式中，猜猜它们不同音节里的感情色彩和韵律，婉转、激越、悠扬、清脆。在这场颇有仪式感的音乐盛宴中，它们把个人主义与集体主义完美融合，有领唱，有合唱，有独唱。民主、平等、和谐的法则在鸟语中可见一斑。我不由得想起班德瑞的音乐，鸟语、森林、流水、晨曦、水滴、清风……把我们带入一个远离尘世喧嚣的恬静的自然秘境，没有肉身的复杂、不洁、龌龊，他的音乐把我们的心带到清澈、晶莹之境，接受自然声音的洗礼。

鸟语，是对我们肉身的漂白，让我们还原并回到初心。且听鸟语，别做鸟人。我想起葡萄牙诗人费尔南多·佩索阿的那首享誉世界的诗：《你不快乐的每一天都不是你的》：“你不快乐的每一天都不是你的，你只是虚度了它。无论你怎么活，只要不快乐，你就没有生活过。夕阳倒映在水塘，假如足以令你愉悦，那么爱情，美酒，或者欢笑便也无足轻重。幸福的人，是他从微小的事物中汲取到快乐，每一天都不拒绝自然的馈赠！”

五月的时候，绣球花开成五月的良心。它们不献媚、不争，淡然于无人注目的角落，兀自绽放，寂然凋零。芬芳是它的良知，不争是它的风骨，它对世界报以热烈的微笑，笃定世界上的美好大于丑恶，诗意高于灰尘。每天清晨路过这些绣球花，行注目礼，我一天的心情也会沾上喜悦的色彩。

当我得知绣球花还有一个名字“无尽夏”时，仿佛找到了自己失散多年的朋友。这是多么曼妙而又令人回味无穷的名字啊，最初的命名者是以怎样诗意满怀的心情，给了它这样一个长篇小说般意味无穷的名字。我在楼台上种了几盆绣球花，它们羸弱的身体在这有限的方寸泥土中如剑出鞘，捧出一份绿色的炫耀。它们的体内藏着雷霆闪电，藏着大海高原。花开是闪电，藤蔓是脊梁，赢一个未来，这有限的舞台上同样演绎着生命的精彩。

五月的时候，我常常早上五点多就醒来。打开窗户，放一群鸟语进来，我怎么有一种牧羊人的感觉？那些鸟就是我放牧的羊群。它们造访这苍凉的人间。尘世凡心，鸟语让人间富有，让一些平凡的时刻变得不平凡。它雕琢了一个广阔的时空，让我们抵达一种“荡思八荒，游神万古”的境地，任心思飘荡天地，随心灵神游古今。此情此景颇有庄子《逍遥游》之忘我的感觉，鸟鸣打通古今，深思连贯天地。又给人以“应无所住，而生其心”的感觉，这句话出自《金刚经》。我只是喜欢和自然在一起，用一个清晨的片刻寂静，一个夜晚的漫长寂静，红尘中暂时抽身的寂静，感受自然的恩赐。以鸟语为教诲，做人做事作诗，不负不枉，过好每一天。

夜观星河，晨听鸟语。打开窗户，鸟语泉水一样涌进来，窗台上的花瓶里，蔷薇正在盛开，顿觉鸟语在花香中泡过一般，带着蔷薇的香。

这些鸟肯定是上帝撒落在城市上空的种子，一粒粒散落在单调、僵硬的水泥地上，借以慰藉城市的空虚。鸟儿飞舞、跳跃、啁啾，驮来一缕缕晨曦、清风，给喧闹、无序、拥挤的城市带来久违的天籁。风是精通韵律的高明乐师，高高站在季节的舞台上，指挥一群群鸟雀遵循节令的暗示，在清晨用声音涂抹现代城市被工业、商业瓦解的安宁。

鸟儿啁啾，声音时而婉转，时而急促，时而舒缓，时而高亢，时而低吟，时而深沉。我坐在阳台的藤椅上，想起古代那些隐居山野的高人。他们结庐在人境，没有车马喧，守着内心宁静的秩序：锄禾、修竹、采菊、赏月、饮酒、邀友、作诗，没有尘世功名牵绊，没有人际纷繁争斗，守着一车典籍、几亩薄田，采一束篱笆墙内的黄菊，面向南山，背倚柴门，黄犬相闻，鸡鸭悠闲，放达于山野清风，沉醉于堂屋稼禾，自足于桌上薄酒。几声鸡鸣成笔下平仄，数点雨声研案上古墨，一阕小令作心上天籁，曲曲鸟语抒胸中快意，他们的人格稳如南山，他们内心的道法，因这田园、鸡鸣、鸟舞而诗意充沛，生命的质量因这清风明月而愈发高。

世界纷繁嘈杂，鸟语在拯救我们的耳朵，幸甚，幸甚。

声染天心

关于声音的秘密，我们俗人能知道多少呢？

清晨的鸟语是没有杂质的，尤其是盛夏清晨四五点时的鸟语。沉浸其中时，我有时会突发奇想：如果把这些鸟语收集起来，装进一个底部有水龙头的大玻璃瓶中，浮躁的时候，烦恼的时候，寂寥的时候，困顿的时候，拧开水龙头，一点一点放出来，洗耳恭听，这些声音会不会像机器的制动零件一样，刹住我内心的紊乱？

让我们的耳朵饮一杯鸟语吧，保持耳根的清净。它是班德瑞的曲子，有树梢的露水顺着树叶的叶尖下坠的幽微，有静谧的月光缓缓漫行在山涧的足音，有轻微的风声掠过草尖的呢喃，有流水摩挲石头的低吟，有鸟的嘴梳理羽毛时引发的微波，有昆虫的足摩擦叶脉时发出琴键一样的旋律……每一个声音里藏着一个幽微的宇宙，各自在不同的角落以不同的方式维系着小小宇宙的秩序。

我曾在春夏之交的凌晨三点半听过青蛙的聒噪；也曾在盛夏酒后早醒，凌晨两点多听过第一声鸟鸣裂帛般撕开夜空的清脆宣言；曾于冬天在故乡青海乐都的村庄里，凌晨四点多听过公鸡报晓的高歌；也曾在少年时期半夜里到湟水河畔名叫磨湾的庄稼地里浇水时，听过无数昆虫在月光下的清幽协奏。很多声音，只有在夜深人静时，才会散发出最美妙的一面。也唯有在万籁俱寂时，它们才能叩动我们已被世俗蒙蔽的心，帮我们打开一条缝隙，让幽微的旋律水一样缓缓渗进来，唤醒我们麻木的身体里渐渐泯灭的那份“天心”。

我认为天心就是尊崇天地伦理的自然之心，就是安详喜悦之心。天心就是我们人类的初心，初心如婴儿一般未被世俗化。红尘滚滚，还有多少人愿意静下来，守住内心的律令，听一听自然界各种生灵的歌唱呢？这不是噪音，是机器时代的安魂曲；也不是杂音，是城市里罕见的救世曲。这些不同生命发出的声音修复、还原着一个远去的世界，修复的是我们童心的原址，还原的是我们初心的门牌。我们在接受这些自然的恩赐时，在声音里追问并认识自己：你是谁？从哪里来？要到哪里去？这最通俗的终极三问也可以换一种问法：是否记得生命最初那些灌溉我们的耳朵和心灵，启蒙我们心智的声音？是否将那些对生命的美感认知的声音留在了记忆深处？是否还能真正安静下来，听一曲天籁之音？

我曾读过尼采的著作《偶像的黄昏》，他说："'灵魂的宁静'可以是一种丰盈的动物性向道德（或宗教）领域的温柔发泄。也可以是疲惫的开始，是傍晚、形形色色的傍晚投下的第一道阴影。也可以是空气湿润、南风和煦的标记。也可以是不自觉地为消化良好而心怀感谢。"他还说："如果试图离开人对人的愉悦去思考美，就会立刻失去根据和立足点。"人把自己映照在事物里，他又把一切反映他的形象的事物认作是美的："美"的判断是他的虚荣心。

声音把人们映照在大自然这面镜子里。想起我的一个兄弟，非常优秀的青年散文家、"父亲的水稻田"品牌创始人、杭州作家周华诚，他经常给各种自然界的声音录音，有时候在白天的稻田里，有时候是野外，有时候在夜晚的山林里，录制各种昆虫的声音。这是一个多么有趣的灵魂啊！

一个优质的心灵，总会穿透那些错综复杂的物象，在声音的发源地找到与自然共鸣的喜悦，神会天道之谜，享受自然的恩赐，然后以天然的喜悦心，让时光变得丰富、安宁，让每一天都过得有所不同。

声音是一门学问，倾听是一种艺术、一种生活的态度。最大的学问就是如何让生活艺术化，艺术生活化。倾听自然界的各种声音，颇有一些独具个人色彩的行为艺术。听是吸收与净化，听是发现与出发，听是懂得与珍惜，听是敬仰与呵护。白天，我们的耳根被各种机器的轰鸣声和市井的嘈杂声占领，只有那些夜晚、黎明、清晨来自田野河流、树林草地、幽静小区里的声音如一剂创可贴，安抚着我们日益粗鄙的心。

那么，就让我们住在这些声音里，和天在一起，和虫鸣在一起，让属于自己的时刻丰盈、悠远。

和一朵霜交心

冷峻的事物蕴含着深刻的成分，世俗的喧闹未免肤浅。南通的画家朋友蔡志中老师曾在朋友圈晒过一组落在蔬菜上的霜花图片，深深地打动了我，微小的事物里藏着我们无法洞察的美好和寂静。

霜花细密如母亲用针线缝补衣物的针脚，均匀、严谨、有序。天下的母亲有佛性，而霜花有神性。我们常说的“神来之笔”就是这样，忽然的灵感，捉摸不定的笔法，无法猜透的气势，貌似没有秩序的布局，这些都是神的脚步和文字，霜花也如此。山东作家夏立君在《时间的压力》一书中写李白，用了这样一个标题《李白：忽然来了个李太白》。我觉得这个标题用得非常高超，抓住了天才李白骨子里核心的一面，天才是天外来人，说来就来，说走就走，如上天派来的一片白云，逍遥、高远、神秘、捉摸不定。天才就是几百年来忽然诞生的白云嘛。

那么，这些上天派来的冰霜、霜花不就是忽然而来的李白们吗？仔细凝视落在油菜叶上的霜花，这近乎一种庄严，似乎是我走进了某个庙宇的修行道场，闻木鱼声声，不敢说话。霜花不是黑夜里修行的苦行僧，天亮了，接受了太阳的训诫后，它们就走了。这鸣金收兵的场面没有丝毫悲壮，秘密撤退，无声离场，绝不拖泥带水，颇有军人的气派。

南通有一种蔬菜叫黑菜，也叫塌塌菜，墨绿色，是油菜的远房亲戚，但声势、气场要比油菜大。一颗黑菜的菜叶很多，一圈一圈有序散开，叶子低垂，快要俯到地。一颗就有好几斤，一顿吃不完。

之所以提到这种菜，是因为它与霜有着不解之缘。没有下霜之前，它的味道略苦，带有一点涩，经霜后，味道变甜。仿佛一个执迷不悟的顽皮学生，某一瞬间得到老师的表扬后，开窍了，领悟了，那份骨子里的迟钝被神秘之术化解了。

隆冬时节，无论是寻常百姓家的餐桌，还是高档餐厅里的包间，都有一道人见人爱的黑菜粉丝汤或者炒黑菜，黑菜泛着碧波，粉丝如猛龙过江，它们联袂压轴登场，众人的目光瞬间转移到这道菜上，喉结蠕动，口水汹涌，筷子不由得向它朝觐。民间的家常素菜，以其低调的内涵，无声统治了那些或桀骜不驯、或格外挑剔的肠胃，宣告宴席即将进入尾声，主客将各自安静回家。

蔬菜岑寂，深耕人间百味。

昨夜有霜过境，栖息于人间草木，草木如客栈，接纳了这些天外来客。霜，冷峻、严肃，甚至有点刻薄，以摧枯拉朽之力，让冬天的草木缴械。

早上散步时，我观察到结香花的叶子被霜打后全部耷拉下来，如鸟羽折翅。深夜的月光应该目睹了这一年一度的事故：霜落在树木的叶子上，侵入它们的肌理，如麻醉药一样，使它们失去知觉，然后实施它的控制计划，草木王国一夜之间被一层霜统治，然后按兵不动，享受这种臣服。

自然界的伦理秩序是一物降一物。太阳出来后，霜就从事故现场逃逸，来不及逃逸的接受阳光审判，打回原形，判个有期徒刑，回到天庭接受劳动改造。我这么说，确实有点过了。

霜是精通色彩术的艺术家。它在丛林、树木、草叶之间进行着不知疲倦的旅行，最懂得什么时节该浓墨重彩，什么时候该轻笔勾勒。色彩在变化，霜的技法也在变化，在不同时辰把时间的压力提炼为大红大紫通透的意境。

栖风泊云煨霜红。霜在黑夜里布道，枫树静默地接受它的谕旨后涅槃。秋天先是繁花似锦，而后岑寂退隐。一夜寒风紧，一夜之间，小区里的银杏叶掉光了。面对殉道者一样的凋零，所有的修辞和赞美都羞于出发。

“极尽三千繁华，不过弹指一刹那，百年云烟过后，不过是一捧黄沙。”在小区散步，美如一颗子弹，一刹那将我击中，我被震住了。这棵树慈悲如佛，静谧、肃穆、庄严，用一种无声的力量将喧嚣洗尽。静，是一种秩序，叩击我们在尘世麻木的神经，而我们不能无动于衷，必须交出自己的虚妄。

乌鸦的欢歌惊落栖息在树上的雪，太阳带走黑夜派驻到人间的信使，一滴水悄然落入泥土，一粒种子冲破地面，睁开眼睛打量世界，被霜打过的柿子孤零零地挂在树梢，被寒风抚摸，冰抱在一起，让阳光停泊在它身上取暖，花盆里的青苔修改苔花的音符，无处不在的岑寂分布在很多空间里，修复我们紊乱的内心秩序，可是有谁能够弯下腰，蹲下来，端详这大自然片刻的恩赐呢?

我警告自己摒弃那种虚拟的臆想，亲自到现场，和霜花无声地交谈，接受这些微小事物无声的教诲，它们一次次莅临又消失，熟视无睹是一种罪过，所有的霜都值得我们肃然起敬。

露水天眼

很多次雨后，我久久伫立在树下，仰望那些挂在树梢、顺着叶脉停泊在树叶尖尖上的雨滴。它们把自己置于悬崖一样的处境，命悬一线，随时准备跳崖。我说不上为什么会对这种情景保持好感与崇敬，也许是觉得雨滴在集体度一棵树，一棵树也庇护着从天庭来到人间的雨滴，给它们暂时栖息的房舍，让它们在树梢上容身，晚一点降临到脏污的地上。

雨滴美得苍白、通透、单一，是遗世独立的高贵美人，在叶子与叶子的间隙里，彼此依偎在一绿色的透明里，是镜子中的镜子，是钻石中的钻石，空灵、剔透，带有一种天然的诗心，能唤起我这个俗人对崇高和洁净的向往。

寂静的事物总是带有一种神性和诗性。如果太阳出来，照射在这些水珠上，那就是“球状闪电”。如果阳光渴了、累了，就会趴在它们身上，饮水止渴。

雨滴挂在松针上，如一滴透明的蜜，所有水珠的形状都是圆形。圆是它们的信仰，圆润是它们的态度，温和、谦让、仁义。所有的水珠都是集儒家之大成者，而闪电是法家思想的践行者，风和雾则是道家，无为逍遥，来去无踪影。

露珠在高处，坐在悬崖上，有一种陡峭之美，一如那些不食人间烟火的高冷美人，那份孤傲早早将世俗之人隔离在她的视野之外。这份高冷也是寂静的，不由得让我想起聂鲁达的一首诗——《我喜欢你是寂静的》。

世俗生活中，幸福就隐藏在寂静之中，但更多的时候，我们被喧嚣包围，然后顺从，进而迷失。我们的目光应从地平线抬起，仰望些什么，比如星辰、月亮、云彩、风、挂在树叶上自由落体的雨滴，那么我们就可以回归，与自然保持一种与母亲般亲切的关联。那雨滴如襁褓，那星辰如摇篮，保存着我们最初的纯真与洁净。

有时散步时，我也会俯身端详草叶上的露水和雨珠。和它们交换眼神，仿佛自己也变得轻盈、丰沛。露水有灵，灵在其短暂的生命，如一个布道者，给平民阐释“仁者爱人”的道义后，悄然消失于野。这多么像春秋战国时期到处游说儒家思想的孔子啊，这些雨珠是大自然的孔子和他的门徒，不知疲倦地周游列国，游说、推广自己的学说，教化我们在真善美的主张中成就自我、成就他人、成就世界。

寂深如海，枯花作舟，度我。美，是时间的秩序和伦理，花在枯萎时没有丝毫痛苦的表情，它收敛自己，用身上的刺抱紧自己。它在炼剑。所有的灿烂终归于沉寂，而世俗之美一直在救治我们。

多美呀，这些色彩在岑寂中修炼成正果，把欠土地的还给了土地。这些叶子完成了它们的使命和长征，终于可以忘记疲倦，在大雪后安身。美是放下苦痛后的从容，美是一片叶子的额头落霜的皱纹，美是凋零。

冰心在野

当一块冰趴在一树蜡梅上取暖时会是什么样子？

元旦清晨，我在小区散步时，注意到小区一期和二期的拱门旁有一棵蜡梅，拱门顶上的雪融化后，顺着瓦片的方向，滑滑梯一样落在蜡梅上，结成冰凌，有的蜡梅被包在里面，形成冰柱、冰锥，堪比琥珀。

试想一下，当冰借助寒风的威力发起攻势，缓缓地扩张，占据蜡梅的版图，直至蜡梅完全被囚禁在冰柱里面，面临一种意想不到的困境，蜡梅近乎窒息，它会不会呐喊？它的一缕芳魂就这样被冰雪封锁，那蜡黄的花骨朵无法发表它的宣言，世界因为一块冰按下暂停键。这个时候，我真正明白了什么叫冰清玉洁。

所有的一切都是静止的，可这静止的姿态下隐藏着惊心动魄的细节。当一滴冰水举起它的斧子，落向墙角的蜡梅，蜡梅没有丝毫惊慌，平静地接受了这种现实。于是，冰借走它的体温，封住它散发香味的喉咙。而蜡梅像一个哲学家一样沉默，在冷峻中沉默。冰就是它修行的道场，冰就是它的手术室，冰就是它的雕刻刀。时间会毁灭一切，也会成就一切。冰无非是借助了时间的车辙，选择在此歇脚，考验一种古老的植物能否突破藩篱。

当太阳出来，温度升高，冰自然会融化，仿佛一种交接仪式，冰顺从太阳的意志，自觉退出不属于它的领地。

岑寂不分时空，不分节令。春日岑寂，草木于萧瑟之中穿新衣戴新冠；夏日岑寂，蝉声平静，修复聒噪过后的宁静；秋日岑寂，霜冷芦花，白首对月；冬日岑寂，雪落无声，寒风奔腾。岑寂冷峻，冷峻岑寂。一个个幽微的场面将不同的风物凝聚在不同的时空，给一个词赋予多种意义，构成一个人对这个世界亲密的爱恋和崇敬。

天气阴沉，有天早上，我的脑子里突然迸出柳宗元的那首千古名诗："千山鸟飞绝，万径人踪灭。孤舟蓑笠翁，独钓寒江雪。"还有李白的"众鸟高飞尽，孤云独去闲"，杜甫的"飘飘何所似，天地一沙鸥"，白居易的"去来江口守空船，绕船月明江水寒"。这些诗歌中有大孤独、大岑寂，实际上更是一种哲学意境。天、地、人融为一体，虚实交错，时空腾挪，大小互衬，更多的空来自内心的孤独和岑寂，这是中国美学的留白，只有一个孤独的灵魂与天地对话。

立冬后，每天清晨都有霜露。有天早上散步时，一棵冬青树上的一面蜘蛛网引起了我的注意，那蜘蛛网如一块祖母用的手绢，不大，细密有序，层次很清楚。蜘蛛不知躲哪儿去了，它是高明的军师，懂得如何在恰当的时机发起致命一击。蜘蛛网上落满了细细的水珠，阳光射下来，发出晶莹的光。没有“大珠小珠落玉盘”的嘈杂，而是一片亮晶晶的岑寂。这么多露珠将它们高贵的身子、手脚、唇交给蜘蛛网，在蜘蛛的棋盘上与天地下一盘棋，这无声的交响乐，气势一点也不恢宏，寂静得如同一只梅花鹿将嘴唇悄悄伸进一泓清泉，悄然低饮天地佳酿。

我被这细微的事物打动，想必蜘蛛渴了也会吃掉露珠这枚棋子吧？

初冬时节，花木凋零，世界一片寂静，可是，小区外河边的绿化带里，几棵山楂树上还零零星星地开着花，有的还是花骨朵，这奇怪的物候现象引起了我的注意，它们孤独地屹立在树梢，倔强地蹲在枝头，不向寒风缴械，不肯凋零，这脾性多像耿直的西北人。它们是在守候一场雪？是在邀约一片明月？凋零不是殉道，枯萎不是消亡，美在轮回，点点芳魂擎着铮骨在升腾。

它们在岑寂中，把自己长成了初冬时节的钻石。

雪落无声

我的老家在青海高原。一个下午，姐姐带我到乐都的仓家峡看秋景。说是秋景，其实如同冬天，山里的叶子都落光了，几乎没有行人和车辆，只有大片的安静。很多牦牛和羊在山上慢慢地吃草，被铁丝围栏围在里面。它们就像棋子一样在楚汉两界各自为政，又彼此友好地进入对方的阵营。

天蓝得纯粹，如幕布，一只乌鸦从森林里飞出来，鸣叫声如刀，划破这份静谧。远远望去，苍茫悠远，北山、南山顶上的积雪依稀可见。

该如何去描写一方雪？这是大学问。这些终年不化的雪是老子、是庄子，是沉默的《道德经》《逍遥游》，是鹰的故乡。它们依偎在山的脊背和额头，厮守四季风华。日月灿烂，灼灼其华。雪在雪中，白在白里，远离世俗人间，用一生笃定修行。白，是一种信仰，没有一丝一缕私心杂念，高贵、庄严、冷峻、超然。如果要在雪山上读书，那就应该在黄昏的时候读尼采，读他的《偶像的黄昏》，读他旷世的孤独，方才与这份白雪匹配。

雪落无声，雪在布道，雪是岑寂的，雪山是岑寂的。

岑寂有形，岑寂无形；岑寂有声，岑寂无声；岑寂单一，岑寂丰富。生命就在这有和无的波澜里，抵达一种“野旷天低树，江清月近人”的无言之境。

去上坟祭祖。祖先们静静地卧在向阳坡上，像一部合上的书，他们是岑寂的。

山涧河滩里有大片的梨树，叶子红了，静悄悄的，似乎在默诵风的教导。梨树全身通红，颇有一种身着绛红色的僧袍孤独地走在茫茫田野里的感觉。梨树用红色镇守住了这一方水土的孤独与寂静。这种红令人安详、平静。

有喜鹊在杨树林里发出清脆的声音，好像踩在了琴键上。喜鹊是岑寂的，而田野山川就是它的钢琴。身着华美锦衣的野鸡隐藏在草丛中，这微服私访的钦差大臣听到我的脚步声，突然飞出来，吓我一跳，它惊慌地抖动翅膀，惊落了树上的枯叶，枯叶如一片废弃的处方药单，孤零零地飘落。

走在山涧，应该唱许巍的《空谷幽兰》，西部没有幽兰，但有隐忍的植物，比如柠条、芨芨草、旱葱等，耐寒、隐忍、笃定。它们灰头土脸，肤色黄白，是西部的冬天笃定修行的苦行僧。

路边有一片一片外形酷似雏菊的八宝花，粉红的花色，头上落满了霜，我查了一下，这种花被古人写进诗中：“庄严八宝树，花果金绳旁；华光如来佛，演畅妙法场。”我总觉得霜身上有一种禅意。它是调节人间颜色的艺术家？它是滋养植物滋味的调味师？它是调节时空秩序的主考官？它是技艺精湛的魔法师？似乎都是，似乎都不是，本来自然的很多事物变化就没有严格的界线。仔细凝视那些均匀的霜粒，田野为道场，而霜是冷峻的禅宗，仿佛看透一切，也掌握一切。我向它们致敬，它们在风中弯腰鞠躬，必有更深的用意。

老家院子里的核桃树上的叶子全部落光了，偶尔有几个褪了皮的核桃孤零零地挂在高高的树梢，在疏朗的院子里显得格外高孤，如八大山人枯笔干墨画，有枯索之意。

院子里，父亲种的大理花、菊花、旱金莲经霜后变得更加轻盈，失去水分后的干枯状，颇有日本美学中的侘寂之风。花池里落满了果树的叶子，有的叶子堆在花池的栏杆边，成为蜿蜒前行倔强生长的旱金莲的天然棉衣，有的枝蔓从树叶与树叶的缝隙里钻出来，一派天真好颜色，橘红色的花一朵接一朵，延续夏日里的荣光。

院子里有几棵核桃树、梨树、花椒树、杏树。其中，冬果梨属于晚熟型，果实一般到十月中下旬成熟。一般人家霜降以后才摘下来，放在阴凉处，冬天的时候吃最可口。

立冬后的有天下午，父亲回到老家，把院子里的场景拍了几张图片发到我们家人的微信群里。

图片中，所有的树都落光了叶子，筋骨毕现，疏朗有致，碑帖一样，有楷体的工整、严谨，有隶书的蚕头燕尾，还有一些小行楷的流畅。掉光了叶子的梨树上挂满了梨，萧索，它们就像没有按时交作业被老师罚站的学生，有点顽皮，又有点天真。蓝天下，霜早已归隐，黄昏降临，夕阳给梨树披上一道道金光，梨的表皮反射着光，仿佛吸收不了太多的光，把体内的光和甜分吐出来一样。风吹来，梨树轻轻摆动，外形如风铃，可惜它没有唱出自己的音符。

如一幅油画，果树们用自己的色块构筑生命的原色。如果有一只喜鹊或者乌鸦站在上面，那生机或许会碰落摇摇欲坠的果实。枯，不是灭亡，是寂静，是内敛。

父亲说："我年纪大了，再也上不了树，树上的梨眼睁睁就这样浪费了，真是太可惜了。"我说："就留着给过冬的鸟儿做冬天的食物，也挺好的。"这是天道，天供养人，人敬畏天，感恩天。那些鸟儿择善而栖，想必也会感知到主人的这份好意吧？

人树俱老，风烟俱净。老了，承认生命的无力感，遵从天命和天道，顺从光阴的安排，遵循自然的谕旨，这种生活态度是通透的，如秋风一样澄明。老，是一种岑寂。果实挂在树上，变老，自然风干，或者凋零，是岑寂；叶子从高处落到低处，平静地度完余生，化作尘埃，是岑寂；喜鹊裂帛一样划破院落晴空的祈祷声，也是岑寂；那风中的院门，院子里被厚厚的落叶覆盖的木头、砖瓦、推车、农具、枯萎后凋零的花，都是岑寂。

冬日的院落如书，岑寂是它全部的内容。父亲头顶华发，在梨树下仰着脖子凝视树上的梨叹息，似乎甘于被这种结局挫败。他也是一棵树，孤独的树，暮色如霜，扑上他的头顶，加深他内心的空旷与不舍。

一块块石头匍匐在大地上

当一块块石头匍匐在你面前，你会想到什么？

我想到的是一个心知肚明的哑巴孤单地站在旷野里，什么都不说，一个简单的手势画在空中，像一个谜语，被时间禁锢着，太多的苍凉让我们猜不出谜底。石头的脾性像哑巴，隐忍在无人注目的角落，但内心丰富、充沛，只是没有一个出口让它在喧嚣的世界找到一道语言的光亮，和这个世界好好谈谈。

前不久，我到南京参加省作协首届散文作家读书班，读书班所在的宾馆离南京明城墙不远。有天晚上酒喝多了，第二天，我起了个大早，去爬城墙。

深秋的早晨，阳光有些薄凉，一缕缕的光束宛如银针，紧紧地扣在斑驳的城墙上。大块大块的青砖斑斑驳驳，像鱼鳞，又像风烛残年的老人的脸，暮年的气息与深秋的薄凉交织在高大的城墙上，使沉默的城墙如同一个患了骨质疏松症的老人，关节不再严丝合缝。抚摸着那些青砖，我的心隐隐作痛，感觉我抚摸的不是石头，而是一张皮肤松弛、布满褶皱的老人的脸。走在城墙上，我在心里默默感慨，六百多年的沙砾攒足了怎样的劲儿，把这六百多年的石头、六百多年的历史一寸一寸抬高。

这些石头组成的城墙护佑着一座城池的安危、幸福。它们集体拥抱，组成一个家族，甚至数个家族。几年过去了，几十年过去了，几百年过去了，一代代人消失了，而石头还在。谁也活不过石头，虽然它们曾经光洁的表面被时间一点一点抠去风光，但仍匍匐在这座城池周围，像一群老去的战士，始终保持着匍匐的姿态，做着随时奔赴前线的准备，把一切危险阻挡在城外。这姿态老出一种光阴的味道，老成一种时间的哲学，老成我脑海里一种无际的遐想。

城墙上的青砖刻着铸砖、捐砖人家的姓氏。目测这些厚实的砖，每一块足有几十斤，一块块砖如同一根根健壮的肋骨，挺起了一个王朝揣满雄大谋略的胸膛。王朝远去，留在历史的典籍上，成为功过是非的文字和图案。而石头还在，默默地在风雨中与时间对峙，接受时间的蚕食。我靠在城墙上，脊背生风，一股莫名的悲凉涌上心头。这些石头、砖块从不同的方向云集于此，随遇而安，也习惯了宠辱不惊。不远处，秦淮河畔两岸的高楼大厦上，一些沙砾、石头以瓷砖、琉璃瓦的形式高高在上，借着太阳赐予的那抹光亮俯视着底下的繁华与风光。那么多人从它们身下走过，仰着头行注目礼，而石头们集体沉默，没有看尽繁华的自大。当脚下不起眼的石头混合现代工艺的技术，成为我们头顶的某种光彩，就证明了世界上任何一种不为人瞩目的物质，都有可能成就自己的高度。

行走在城墙上，我想到了更多的石头。

有的石头被砌进宫殿，镶嵌于金黄色的屋脊上，对它们来说，相对于时间，所有的风光失去了意义。这样一想，石头成了木讷的哲学家，外界的喧嚣与它们无关，与它们有关的是如何在无垠的旷野里与时间对峙时保持自己的质地所蕴含的那份静美。时间的利齿一点一点吞噬它们的棱角，时间使它们褪色，变得丑陋。这无所谓，美只是一种信仰，而上帝掌控着时间之手，总有一天，石头会成为尘埃，成为大地的一部分，这意味着美的质地因为时间所给予的历练，成为永恒。

有的石头被铺在路上，被皮质的、塑胶的、布料的、昂贵的、廉价的、坚硬的、柔软的鞋踩在脚下。它们不喊疼，不叫屈，也不叫苦，这让我想起人生路上随着时间推移被遗忘名字的启蒙老师。学生们一个个借着知识的力量走向远方，去改变世界，也被世界改变，有的登上人生的领奖台，享受鲜花的包围和掌声的追逐；有的在不起眼的角落踮起脚为别人鼓掌，而老师还在原地，即便学生怎么冷落、遗忘，他仍黄牛一样驮着时光走向暮年。这命运的巨大反差，让我看到了一种境界。

读书班结束后，省作协的老师带领我们到皖西南采风。仙寓山和九华天池一带的山上散落着很多石头，我的目光一次次与它们对视，巨大的石头有一种深不见底的城府，而依偎在大石头旁边的小石头，如同顽皮的孩子，因为有了大自然的教育而多出了一份灵气，也因为母亲的陪伴增了一份野气。在荒山野岭中，石头们与天地为伴，和草木牵手，在人迹罕至的地方蹲成人间风景。有的石头泅在水中，长久的冲击，加上自然的造化，石头的表面上被流水摩挲出一道道皱纹和晕圈；有的石头被我们从荒野搬运到城市，成为高大建筑的一部分。它们从人迹罕至的羊肠小道，从宁静悠远的自然田园，位移到人声鼎沸的市井巷道。俊俏的石头被一双双商业化的眼睛发掘到艺术品市场，经过技术的改造和修饰，成为殿堂里的昂贵艺术品，被作为身份的象征和财富的符号所收藏、展出、买卖。畸形的商业改造着野性的石头，商业的利润诱惑着艺术家的眼睛。曾经丫鬟一样寂寞的石头，因为现代商业的改造，成为市场的宠儿。一块石头的尊严就这样被篡改。这些曾经经历苦难的石头，被现代的机器改变形状，被工业的油彩更换肤色，被市场的价格改变地位。美，在极少数人手里把玩流转；美，被公开标价出售；美，被商业利用篡改；美，被价格的标尺衡量，我不知道这是石头的悲哀，还是尊严的失守。

当一块块石头从乡野走向城市，它们留下的脚印是一部厚实的典籍。当一块块石头从低处走向高处，当一块块石头从高处落在地上，它们所画下的弧线是我见过的世间最美的虹影。石头起起落落的境遇，高高低低的地位，像极了人的一生。

匍匐，这是将信仰嵌入大地的姿态；匍匐，这是将隐忍刻入内心的坚守；匍匐，这是将风光抛却身外的超脱；匍匐，这是与世无争的天性。居庙堂之高的石头，处江湖之远的石头，拥山野之秀的石头，做凡间俗物的石头，占城市之巅的石头，垫人生之底的石头，一生隐忍的石头，一块块大小不一、形状不一、棱角不一的石头，匍匐在大地上，像一个朝圣的人将头磕向大地。

石头脱去岁月的蓑衣，露出棱角分明的硬骨头，这身影，是天地间最伟岸的身影。

云深处

黄昏时分，我乘坐飞机，透过窗户，在几千米高空看到地面上看不到的奇观。云层中翻滚着一层层绯红、赭红、绛红、紫色、赤色、橙色，仿佛天庭的色彩博览会。缤纷炫目，如高贵的琼浆，真有想舀一瓢喝下去的冲动。云在聚众赌博，赌一种色彩和气势，赌输了，就各自黯淡飘散，云游世界，如出家人一样，云是岑寂的。

云层密集又分散，光在其中跋涉。光是宇宙里最不知疲倦的旅人和朝圣者。他全年无休，背负着太阳的教导和笃定的信念，到人间去敲门布道，宣讲如何成为一个受人喜欢的暖男。光不容易，光是岑寂的。

从故乡到他乡，我们在苍茫宇宙中穿行。在一个封闭的空间里，各自孤独成一个渺小的世界，成为一只苍茫空间里的飞鸿。我们彼此独立而又依附，现代科技的力量让我们在高空看到地面上看不到的一切，我们终于知道，面对头顶浩瀚的天空，自己是多么浅薄与无知。当手机关机，切断与人间的牵连，我们仿佛成为世界的孤儿，从不同的经纬度移向自己心目中的目标。脱离地面的我们，在另一个世界是岑寂的。岑寂是人类与生俱来的宿命吧？谁也不是一个独立存在的岛屿，而是一个休戚相关的命运共同体。

荒凉岑寂，苍茫岑寂，山川岑寂，云端岑寂，草木岑寂。岑寂的心在同一个频率上触摸着这个世界的心跳，感知冷暖与酸甜。

世界缤纷，尚有岑寂在野；人间沸腾，倍觉岑寂可贵。在一个不稀缺热闹的世界里，让我们如一朵云躲进天空之城，找寻属于自己的那个频率；如一滴水悄然渗入泥土，撼动沉睡的种子，用一片幼芽的刀剑劈开阳光的通道，让美和诗住下来。习惯匍匐与屈膝的人们，当你困顿的时候，不妨登高望远，看看那些高处的云如何透析人间尘埃，看看那远方的风如何不争不妒，独自前行，寻找属于自己的岑寂世界。

第三章

当窗摹写旧时月

人间烟火皆是深情

Chapter 03

方言河

方言是一个地方的传统血脉和文化脐带。

一个人无论离故土有多远，哪怕漂洋过海，再遥远的距离，只要有了方言的根脉，他离故土的距离便仅仅是一片树叶与树根的距离。

方言是一条河、一个地域、一个人的永不干涸的灵魂的源泉。

我们顺着方言的河流漂到远方讨生活和理想。多年后，我们回到老家，脸上布满了渔网一样断裂的皱纹，头发花白如秋风中瑟瑟的芦絮，手脚如一棵行将枯萎的藤，青筋暴突，再也无力攥住青葱的枝蔓。我们的牙齿被虫子蛀得也脱落了，但我们依然会用浓浓的方言说："老了，老了，真的老了，不中用了。"

我们老了，可是嘴里的方言没有老，还是那么新鲜。河流未老人已衰，沧桑岁月鉴风霜。方言，被时间的河流冲刷着，越来越柔韧。

方言是不老的，总有一天，我们会老去，在异乡被岁月的风霜染白一根头发，添上一道皱纹，磨掉一颗牙齿，脱掉一层枯皮。时间以锐利的牙齿悄无声息地吞噬着我们，我们再也回不到从前了，而方言却完好无损地在村庄里和岁月较劲。就像一块地，只有在这块地上累垮的人、老掉的人，却没有被耕坏的地、累趴的田野。

村里有很多学生到外地上大学，毕业后在南方的大城市找到了工作。过年的时候，他们回到故乡，操着一口半土半洋的口音向乡亲们问好。乡亲们在背后悄悄议论：某某某家的儿子一到城里就变脸了，连庄子里的话都不会说、不愿意说，他们忘了本，已经不是这个庄子的人了。哼，这种人！

从他们鼻孔里挤出的一个"哼"字，足以证明乡亲们对忘了方言的人的失望和不屑。这种态度也让我十分愧疚、胆怯。古诗中说"乡音无改鬓毛衰"，我虽没到鬓毛衰的地步，但近乡情更怯的谨慎和顾虑还是有的。我担心自己在南方压抑了很久的方言能否经得起乡亲们背后的检阅，于是赶紧满脸堆笑，给路上遇到的每一个长者发支烟，用方言问好，以示我没有忘本。

这个时候，母亲就会提醒我："娃娃，见了庄子里年长的人，一定要热情地问好，你回家只住几天时间，我可是要在这里和人打交道，过一辈子。如果别人说你忘本，我这个老脸可丢不起！"

母亲的话，我理解，这是农村的处世哲学。谁若因为一时的风光而轻贱别人一次，那有可能他离开这个村庄后会被人轻视一辈子。我想，在乡亲们的眼里，当一个人的精神脊梁弯了，即便他有再多的财富、权势、地位，他也基本上在生他、养他的村庄里没有位子了。

铁、铜会生锈，但方言不锈，尽管它以庸常、平淡、重复的形态让我们打发着光阴。方言蛰伏在我们的口舌里，让我们在不同的环境与不同的人友好、斗争、试探，我们一生所有的恩怨情仇都被方言负载着释放出来。你看，和我们好过的人不在世上了，但他对我们的好、说过的那些话，我们却一直牢牢记在心间。

如果在异乡的街头不经意间听到一句熟稔的乡音。刹那间，我们如冰川一样封冻了很久的心顿时洒进了阳光，如同在一个黑暗的胡同里走了很久，正在为找不到光亮而彷徨时，前方的拐角处突然亮起一盏如豆的灯，顿时豁然开朗，我们接通了和故乡生生共息的那方天空。

此刻，于我们而言，方言中的一个词如同一个灯管的按钮，照亮了我们全部的孤独、疲惫。我们被方言温暖着，即便眼眶有泪，但不觉尘世悲凉。

因为这光亮的照耀，我们有了前行的信心和力量。

、

离开故乡后，我把方言行囊一样背到了远方。我想起了那个在地图上找不到位置的村庄。地图上不可能标出一个小村庄的名字，但我坚信，方言就像地图上的脉络，把一个个看不见的城市、村庄像手臂一样紧紧地搂在怀中。

我的方言跟着我辗转南北。方言的河流被我引领着，在陌生的土地上孤单地流淌。我有限的身体是它的河床，我被普通话改良的方言是它不情愿泛起的浪花。

在他乡，方言让我们看到了母亲慈爱的容颜。母亲脸上的每一道皱纹，就是故乡天空的一道霞光，有岁月的凝重和美感。思念汹涌，乡愁温暖，一个个词、一句句话就是一层层美丽的涟漪。在异乡漂泊，方言就是一个人的护身符。我们遇到来自故乡的人，一句方言出口，就亮明了我们的地域身份。他乡遇见老乡，方言便柴火一样噼里啪啦地燃烧起来，我们无所顾忌，相见恨晚，心，因此有了依靠，仿佛沙漠里苦苦跋涉的驼队找到了希望的绿洲，仿佛栉风沐雨的水手找到了可供靠岸的港湾。

很多时候，我在异乡的高楼大厦、大街小巷穿梭，充斥我耳朵的是南方沾着鱼米香味的口音，而淤积在我内心的方言就像被困在笼子里挣扎的可怜小兽，冲突着、奔腾着、翻滚着，寻找可供它自由奔走的出口。这孤独的小兽被我生存的环境无形地禁锢着，思念着它最适宜生存的土地、山川、河流、森林、草地。

村庄里有这样一句谚语：“儿不嫌娘丑，狗不嫌家穷。”想到这句话，我的心就微微作疼。我来到繁华的城市，方言就是我从故乡这个娘胎里带出来的胎记，尽管在很多人眼里，这胎记难看、丑陋，但在我的眼里，这胎记美丽如寒冬的墙角凌寒傲然独开的梅花。

在异乡，我很少说方言，也没有人能听懂我的方言。有时候，我用方言和故乡的亲朋好友通电话，旁边的人用狐疑的眼光打量我，然后交头接耳，暗自发笑。我知道他们在对我的方言评头论足。

我并不因此而脸红，反而感到故乡给我的那份荣耀和自豪。只有回到故乡的泥土地，我才会因久不说方言而略显变调的发音感到脸红惭愧。

在这个沸腾的时代，很少有人懂得为自己的某些行为脸红。一个人把方言带到了远方，也就把故乡的一阵风带到了远方。孤独的时候，我们一个人自言自语，这方言就是从我们的心里放飞的一群鸽子，在故乡的头顶盘旋、留恋，从不远离旧时的屋檐。寂寞的时候，我们拨通远方的一个电话，这方言就是一根电话线，连通着我们和故乡。

有一天，我们不在这个尘世了，化为故乡的一把黄土，山头上终年的积雪化了，那棵百年大树也干枯了，而方言河还在悠远的时空中悄然流淌着，像一个破折号，不拐弯，不屈膝，剑指长空，锋切岁月，光阴成为一堆碎片，而完好无损的方言河仍奔腾不息，让一个个新的生命捧着故乡的经卷，找到一生的皈依。

故乡在群

这几年，但凡从村里走出去上大学的人，毕业后很少有人回到故乡工作。乡里人说："人往高处走，水往低处流。"很显然，这是乡村现实哲学，高处意味着良好的福利、广阔的发展空间、更多的出人头地的机遇。和我保持不紧不松联系的几个同龄人，大学毕业后就留在了深圳、杭州、上海、宁波等地。有的人十几年没有见过面，在网上保持着联系。

在南方发展的几个人在网上建了一个QQ群（现在变成了微信群），并把这个群以故乡的名字命名，后缀以"兄弟姐妹"。尽管我加入了这个群，但一般情况下，我很少加入群聊，多数时候只看不语，有时遇到感兴趣的话题，我就说上几句。凡是加入这个群的人，不分年龄大小，都有一个共同的特点，那就是字里行间总是散发着浓浓的乡愁。不同的时节，群里在外地的人总会询问在老家的成员庄稼的长势、土地流转的政策、蔬菜的价格、村里的新闻……话题大到新农村建设的发展，小到家长里短。还有的人因为在异乡吃不到故乡的面食和小吃而大发感慨，有的人也因吃到与故乡的相比相对正宗的面食而兴奋不已。

最正宗的故乡在原地，而我们早已离开了现场。有时候，群里没有人发言，一直静默地没有头像闪动，就有人用家乡的土话骂上几句，还是没有人响应，便只好留下几个搞怪符号匆匆下线。

“吾心安处即故乡”，可是，在纷繁变化的时代，我们被裹挟着为了明天不断向前，心哪一天安宁过？只有在新闻里看到一点关于故乡的信息，听到一两句熟悉的声音，或者吃到一顿故乡风味的小吃，心里才有些许的安慰和宁静。故乡再也不是一个空间符号，也不是一个地域概念，它是我们的精神通道。年轻的时候，我们急着到外面的世界去寻找、去缔造、去闯荡，仿佛远处有不尽的矿藏等着我们去挖掘，然而我们远行的同时，岁月的烟尘也一天天落在这个通道里，我们在稀薄的乡音里一点一点将故乡淡忘、抛弃，我们希望自己不断地变得更加风光荣耀，而故乡一直保持着最初的泥墙、青苔、灰瓦、木屋、旧巷、老井，这是多么自私的心理！我们只在记忆里保留故乡最初的美，而很少希望故乡有所改变，所以，我常常对自己和那些站在城市的镁光灯下大发乡愁感慨的人持批判态度。

要么战死疆场，要么回到故乡。故乡是寄放我们骨灰盒的地方，是埋葬我们所有自私、虚荣的库房。离开故乡二十多年，每年我对故乡都有不同的认识。故乡是一个人灵魂的坐标，我们所有的一切都围绕着那个坐标延伸、转动，这个坐标就像一眼甘泉，是我们生命里程和命脉走向的力量所在。我始终认为在空间意义上，落在最低处的故乡就是我们精神空间里最高处的神，我们只配做一个臣民、信众。我们对世界的认识和性格的形成、尊严的呵护都基于它的恩泽。

于我而言，每年最幸福的事情不是发表了多少文章，获得了多少荣誉，而是手中有限的十几天探亲假、年休假，一年中不少于三百次的和父母亲人、与故乡有关的人的通话。只有将脚踩在故乡的土地上，我才觉得全身是放松的、通透的，没有烦恼和忧愁。故乡总是有一种神性的力量护佑着我们，召唤着我们，吸引着我们。

微信群里一行行叠加的话语，一个个含义不一的表情，一点一点地记录着我们回乡的脚步，从不同的方向和角落汇聚游子们对故乡的朝拜。这是一种仪式，亲近故乡的或庄重或轻松的表达。

历史上常常有英雄把丰碑建在故乡，把勋章带回故乡。而我已人到中年，没有勋章，也不配丰碑。我只想把一个字当作一撮黄土，一个字一个字地与故乡地老天荒，用我多年以后的骨灰为肥，饲养我索取了几十年的故乡。

木香中老去的木匠

一个好木匠是村庄里树木的敌人，也是树木的情人。说是敌人，木匠断送了那些浑身散发着迷人气息的树木的青春；说是情人，木匠以另一种形式延续着那些树木的生命。我不知道木匠走在村庄里，麦田、水沟、河渠、路旁的树木会以怎样的神情打量他。每一棵树因为年轮的不同，心情也会不同吧。每一片树叶都是树的眼睛，当木匠拿起斧子和锯子时，我真的很想知道，那些树木的眼里盛纳的是深情的期待还是忧伤的泪水。一些走到生命尽头的老树应该会感激木匠吧，他把圆木变成木方、薄板、大梁、椽子、柱子、衣柜、梳妆台，大树消失了，它的生命以家具的形式在村庄里延续，它的体香在庭院里、房间里默默地释放。在我们村子里，木匠是风光的，盖房造屋时用的梁檩椽柱、门扇窗棂，结婚时用的桌椅橱柜，生产时用的犁耧耙耢，丧葬时用的棺椁寿材，以及农活使用的车具，等等，几乎都离不开木匠的手艺活儿。《周礼·考工记》中早就对“攻木之工”的工种和技术职责做过详尽的记录，将木工分为“轮”“舆”“弓”“庐”“匠”“车”“梓”七个工种，并各有分工，如“车”专攻大车、农具的制作；“匠”专攻城郭、宫室的营造等。如今，民间的木匠虽不如古代那样分工明确，但也有“粗细”之分。一般修房建屋、制作农具的被称为“粗木匠”或“大木匠”，而制作民众日常生活中诸如桌椅板凳、门扇窗棂的，则被称为“细木匠”或“小木匠”。

打我记事起，村里只有李姓父子俩是木匠。村里人盖房子、做家具都要请他们。在别人眼中很不起眼的一块木料，放到他们手中，就会被刨成一件十分有用的器物。手艺再好的木匠也都明白，木活儿的优劣除了手头功夫之外，没有几件像样的工具辅佐，木活儿根本无从谈起，正所谓“心巧不如手巧，手巧不如家什巧”。我家盖房子时，父亲带着我去请木匠，到了李姓木匠家，他已经把一套完整的工具——锯、刨、尺、墨斗、凿、锉、斧、钻——装在背篓里。出门时木匠要自己背，父亲不让他背，让我背。很明显，父亲此举有讨好他的意思，如果不伺候好他，要盖的房子、要做的家具就不会太结实。木匠来了，死去的树木就活了。

他把一堆堆在大门口已经剥了皮晒干的树木按照粗细、大小分类，架在木头架子上，拿出墨斗打线，然后用刨子一下一下地推。我想，木匠深谙树木的生命之道，他似乎掌握着树木上的某个穴位，刨子沿着这道墨线像一艘小小的航船被木匠驾驶着，在一根温顺地躺在地上的大木头上航行，刨子来来回回地推着，雪白的刨花一卷一卷飘扬起来，就像航船卷起的朵朵浪花，卷携着浓浓的香味，在庭院里弥漫。一个庭院就这样有了春天的味道，花木的芬芳顿时让庭院鲜活、美好起来。这木香就是木匠打开树木生命穴位所释放出的灵魂的香味吧？

木匠刨木头的时候，父亲不让我闲着，给我分配的任务是把一堆堆卷起来的刨花装进背篓，背到厨房里烧茶用。当我抱起刨花，卷曲的刨花很柔软，薄如纸，香香的，处在花季岁月的我感到自己抱起的不是一堆没用的木料，而是一个花季少女温软的散发着迷人体香的身子。我抱起一堆刨花，将头埋进里面，贪婪地嗅着。父亲见状后有点生气地说：“你在干什么？干活利索点，不要偷懒。”我赶紧弯下身子，把刨花塞进背篓里。我的脸红通通的，心跳明显加快，为这个可耻的念头。这样的思想在一个性意识被压抑的村庄来说是十分不光彩的。

木匠最高超的手艺是刻花。那时候，村子里人家攀比房子不光要看用的木料是松木、杏木、桃木、椿木、白杨，还要看谁家房子上刻的花有多少，有钱的人家会在房子上刻石榴、牡丹、蝴蝶、蝙蝠、金鱼、如意等图案。房子上刻了花，身价和气势就不一样了，让人一眼就能看出这家人的光景盈实、富裕；没钱的人家盖房子时就不刻花，整个房子都是光板子。这就像现在的人穿衣服比的不是布料，而是衣服的牌子。房子上没有雕刻图案，人就似乎矮了一截，在村子里说话都有一种气短的感觉这是多么势利的事情啊！人们竟然以木头和花饰为筹码攀比家境。

李木匠的雕刻手艺显出他的天才之处。他给村里准备出嫁的女孩子的嫁妆上雕的蝴蝶、鲤鱼、牡丹、石榴，让她们看得目不转睛，真害怕那蝴蝶飞了，那鲤鱼游走了，那牡丹凋谢了。这些花鸟让没见过大世面的乡下女子有了一种浪漫主义的萌动。你想，有了花饰，到男方家过日子，天天看着花啊，鸟啊，洗脸、梳头、更衣，心情有多好啊！用苏东坡的词就是“小轩窗，正梳妆”，试想，心爱的妻子在镜子前梳妆，丈夫站着在后面不说话，静静地欣赏着眼前美丽的一幕，内心汹涌着浓浓的爱意。天天如此，年年如此，白头到老，这日子要情有情，要义有义，多美啊！

木匠在我家干了一个多月活，那一个月里，我家每天弥漫着木香。每天早上，当我家的烟囱里开始冒烟时，木匠在口袋里别上一支很宽的木工笔，长长的头发上沾着许多木屑，手里夹着烟，从巷子里出来。他一进门，就带进一股风，这风里有木头的香味。长期的木工活让木香已渗透到木匠的身体里了。

写到这里，我要啰唆几句木匠的伙食。木匠来干活，平时家里难得见一点肉星的伙食就要大为改变，每天我家都要买蔬菜、肉、酒招待他。每当吃饭的时候，好菜没有我们小孩子的份。母亲早早地给我们在厨房里做了没有肉的饭，让我们在厨房里吃，而端到正房里供木匠吃的菜里都是一片片油汪汪的肉，让我们馋得直流口水。我清晰地记得，当木匠父子吃完饭，我去收拾桌子，看到他们酒足饭饱的样子，心中塞满了羡慕。做木匠多好啊，挣钱不说，口福更不错，这就是手艺人的特权啊。端着被他们一扫而光的盘子，我无比沮丧地回到厨房，心里埋怨他们父子：你们就不能少吃一点肉，留两块让我们打打牙祭？我既羡慕他们，又怨恨他们。

我上大学那年正好20岁，木匠年近60了。他以父传子的方式把手艺传给了不愿上学的儿子进红子。不到三年，进红子就出师了，不用父亲带，他就可以独立盖房子、做家具、雕刻花饰。上了年纪，李木匠做的家具不如以前结实，做工时手脚也不如以前灵活，雕刻的花饰看上去很粗笨，没人再请他了。传承他手艺的儿子进红子代替他走东村串西村。在给邻村的一户人家盖房子时，他和那家的姑娘好上了，不到一年就成家了。现在十多年过去了，木匠已经抱了两个孙子。村里不时兴木头房子，家具也不再请木匠做了。人们情愿到城里去买家具厂流水线上制作出来的时尚家具，也不愿意请木匠做那种又老又土的家具。木匠的工具也被现代化的电工具取代，传统木匠的生意非常清冷。新入行的木匠，什么凿子、斧子、锯子、锛、角尺、墨斗和刨子都不需要，他们用的是电动木工工具，靠的是一把锤子，几斤钉子，做起事来方便快捷，既不削刨，也不凿眼，更不开榫。木匠被冷落，木匠的堆放在家里不常使用的工具或许生锈了吧？

现在，我在遥远的南方城市工作，每天上下班的路上总会看见一群群眼神里写满期盼，蹲在街头等待营生的木工、油漆工、瓦工。此情此景让我忽然想起了李家父子，一个晚上，我打电话问父亲李木匠一家的情况，父亲平淡地说："进红子每天到县城的劳务市场给城里人的楼房干装修，日子过得不好也不坏。"

我不知道城里人还会不会像多年前我们招待他们父子一样，给他们顿顿酒菜吃。木匠老了，那些伴他走村串巷的工具也老了，深入木匠骨髓的木香也一天天消失殆尽了吧？

石匠的黄昏

打我记事起，石匠就在村东头的一个石场里采石头，雕刻石碑、柱墩子、马槽、猪槽等一些村里人常用的物件。

那时候，如果谁家盖新房子，支撑屋檐的柱子少不了柱墩子。石柱墩子像只脚，稳稳地撑起木柱子，既发挥了石头防潮、防蛀、防摇的作用，又延长了柱子的寿命，深得村里人的青睐。村里人盖一间房，前屋檐最少需要两个柱墩子，盖五间房起码要九个柱墩子。而这些柱墩子正是石匠的作品。石匠的要价不高，一个石柱墩子十块钱，算是很便宜的了，这样的实惠提高了石匠在村子里的地位。

年少时，每当黄昏，我们放学后没事干，就背着书包到石匠的作坊玩。石匠头上一顶帆布做的黑瓜皮帽，戴着一副镜片有酒瓶底子厚的眼镜。他一手拿着铁凿子，一手拿着几斤重的锤子，对着用铅笔画着斜斜花纹的圆形柱墩子一锤一锤地打、凿、磨。锤子落在凿子上，凿子顺着已经画好的花纹，一道一道自上而下刻去，石头的粉末雪花一样从石头台子上纷纷扬扬地落下来。每用锤子小心地敲一下凿子，石匠就在手心吐一口唾液，再牢牢地攥住锤子，细细地瞄准花纹发力，凿子不偏不斜，稳稳当当地落在花纹上。石匠的样子格外专注，似乎手中握的不是一把凿子，而是掌握着一艘航船，如果航向偏了，就只能无功而返。

叮叮当当的碰撞声有节奏地回响在石场里。夕阳照在石匠弯曲的脊背上，尽管这时的天已经凉快了，但是他的肌肤随着凿子的起起浮浮，仍然渗出一层层汗，汗衫上有的地方都结成了盐渍。石匠高高抡起铁锤，举过头顶的时候，太阳穴的青筋隆起，像移动的蚯蚓一样，似乎随时有可能穿透脸皮奔涌出来。我们真替他担心，趁他不注意的时候，指着他面颊上的青筋悄声议论。或许他感觉到我们在议论什么，便停下手中的伙计，转身说："小家伙，放学不回家干什么？回去晚了，你们父母可要打屁股了。"

我们你推我，我推你，挤到石台前，怯怯地摸他雕刻在石墩子上的花纹，有牡丹，有芍药，有鱼，有龙，有凤，有的石柱子上还刻着"花开富贵""金玉满堂""年年有鱼"之类的字。霞光照在那些已经雕刻、打磨好的柱墩子上，还有一些余温。我们惊讶于他那双关节粗大、指甲又黑又厚的手，是怎么雕刻出这么好看的花和字的。

说实话，当时我太崇拜他了，为什么他这么一个五大三粗、年过半百的人能刻出这么好的图案和文字呢？我们老师画的花还没有他刻的好看。我天真地想，是不是他的心里藏着一只看不见的神奇的巧手，把花纹的美由内而外地传递到手心，再由手心传到凿尖，一点一点地变成花、变成鱼、变成苍劲拙朴的文字？

暮色越来越浓了，就像刚泡好喝了两开的粗浓茶。我们坐在石头上，看着他雕刻。他刻好一个柱墩子后问我们："好看吗？好看就让你家大人盖新房子，我给你们刻柱墩子，要多好看就有多好看。"

他的话让我们不知道怎么回答，背着书包一步三回头地离开石场。走在回家的路上，我们不忘赞叹他灵巧的手艺。

那晚，我做了一个梦，梦见自己家也盖了新房子，屋檐下的柱子下撑着的全是他刻的柱墩子，每个柱墩子上刻满了栩栩如生的花鸟虫鱼。

大概一个多月后，村里下了一场大暴雨，邻居家的几间老房子倒塌了。过了几天，邻居家的满秋子告诉我，他家要盖新房子了，柱墩子全部由石匠雕刻。说这话的时候，他一脸的骄傲，似乎我们内心无比崇拜的石匠就是他自家人。这让我羡慕不已，没想到我的梦被他家实现了，我很是嫉妒。

又过了几天，满秋子的哥哥从拖拉机上摔下来，摔断了腿，住进了医院。他们家迷信，请来一个道士，道士说满秋子家有一股很重的邪气，需要找一块大石头镇压，否则家里总不太平。后来，他们家打地基的时候，在西南角立了一块山形的大石头，石头上从上到下刻着几个有力的大字“泰山石敢当”。我不知道这是什么意思，有一次放学的时候跑去问石匠，他说就是一切疾病灾难都能被这块泰山一样的石头镇住。

石匠太神奇了，他在一块大石头上刻上几个字，就能让这家人过上太平的日子。我更加崇拜他了，心里想：我长大了也当石匠，那多风光啊！

上了初中，我们到离村子很远的深沟村上学，很少有机会经过石匠的石场了。村里盖新房子的人家越来越多，石匠更忙了。初中毕业的时候，一个清明节的黄昏，我们去上坟，路过石匠的石场，他正在雕刻柱墩子。多日不见，他已经很老了，两鬓全白了，衣服也被石头磨烂了，像冬天的芦花一样，一片一片地随着身体的起伏飘荡着。他的背微微佝偻着，手中的凿子也不怎么顺了，一锤下去，不是偏了就是斜了。以前叮叮当当的敲击声，现在像是身患疾病的老人在哮喘，声音不再干脆、悦耳。他的姿势不再有力，父亲给他发了根烟，他点上后坐在石块上喝茶，对着被刻坏的柱墩子叹息。夕照散漫地洒在他身上，他身后是一片白茫茫的石头屑子，场面看上去有点苍凉、落寞。

在路上，父亲告诉我，许多人家不再盖以前那种有柱子的房子了，有钱的人家全盖起了水泥盖板房，又宽敞，又气派，以前的房子样式明显落伍了。加上石匠年纪大了，打的柱墩子不如以前，有的用了不久就裂缝了，柱墩子上刻的花纹不如以前灵秀，线条又粗又笨，很少有人再买他的柱墩子了。

我听了，有点伤感。他雕刻的那些图案还一直在我的脑海里鲜活地游着、飞着。

后来，我上了大学，再后来，我到外地工作，近十年没有经过石匠的石场了。有一年冬天回家，春节上坟经过石场时，看到石场里长满了荒草和树木，树已经落光了叶子，随风摇晃的样子很容易让人想起村里那些失去依靠、无力抵抗岁月的孤单老人。草木枯得如同生了一场大病，似乎精气神全被这寒风抽走了。凌乱的石场上孤零零地躺着几块大石头，石头被风雨腐蚀得生锈。这还是见证石匠运筹匠心、雕刻美感的那个石场吗？

物是人非。猛然间，我想起了石匠，想起了那段年少的时光。我问父亲石匠还好吗，父亲说他早已不在了，是得肺癌去世的。我的心揪了一下，有一种想流泪的感觉。父亲说，石匠想把手艺传给他的儿子，儿子不愿意，他又想传给孙子，孙子更不愿意，他们宁可到城里打工，也不愿意干这种又苦又累的活。再加上村里没有人愿意买他的柱墩子，石匠没有了生活来源，几年时间就病倒了。临走时，他还打算把早几年给自己打的一对石狮子带进坟里……

父亲长长地叹了一口气，说："世事无常，很难预料啊。石匠卧病在床的那几年，让儿子到邻村请别的匠人给他打了一块墓碑，墓碑上打了两个让人很不可思议的字：回家。这让村里人琢磨了很久，也议论了很久，真不知道他到底在想什么，村里人都说他是个怪人。"

我突然想起尼采的一部著作《偶像的黄昏》，没有读过哲学的石匠是不是从坚硬的石头中明白了什么？在时间面前，不知道是石匠硬气还是石头硬气。石头依然在，石匠驾鹤西去。那些带有他温度的柱墩子，还静默地蹲在村里一些破败的老房子里。

气派的水泥盖板房让没落的木头房在黄昏的夕照里顾影自怜。起风了，从远处吹来一片茫茫风沙，让人不由得怅惘、悲悯。石匠的手艺在今天失传，石匠在黄昏里走了，接下来该轮到谁走了？在时间无垠的风沙中，村庄无语，石头无言，无言的石头似乎在怀念着什么，又似乎在嘲笑着什么。

剪羊毛

到了八月，正是暑假，是剪羊毛的时候了。我们家剪羊毛一般都在早上。我把羊从圈里放出来，父亲拿出一个馒头，唤羊过来吃。单纯的羊很容易进入主人设计好的圈套，就在它把舌头伸向馒头时，早已守候在旁边的母亲猛地抓住羊头。父亲拿出准备好的绳索，搂住羊脖子，我牵住羊的后腿，三个人用力一推，羊被按倒在地上，父亲麻利地捆住它的蹄子。

父亲的手在羊身上移动，一层一层的羊毛像涌上沙滩的细波浪。静卧在屋檐下的羊仰起脖子，一圈圈白光从脖颈瞬间倾泻而下，姿态犹如一位正在卸妆的公主，缓缓地脱去脖子上的一个个银饰品。俯耳过去，似乎有叮叮当当的环佩声从羊毛深处传出来，又仿佛置身于一片被大雪笼罩的茫茫林野中，深深浅浅的羊蹄踩过，发出沙沙的声音。

剪刀的咔嚓声一声比一声清脆，淹没在一层一层散落的羊毛间。刀锋在羊身上游走，如同一页轻飘的木舟，荡漾在无人的河岸，静静的河面不时被船桨划成“人”字形，细长的水波燕尾一样舞动在水面上。那一刻，我感觉羊毛长成了彼此牵连的棉花，一摊一摊地在屋檐下蔓延。

剪刀走过的地方，在羊身上留下适度的绒。片刻工夫后，剪刀变得有点温热，因为吮吸了羊身上的温度。剪了半身的羊毛后，剪刀有点钝了，似乎臣服于羊的温柔和羊毛的缠绵，迈不动步子。羊卧在地上，父亲在羊的前胛换剪刀方向时，刀尖不小心戳到了羊皮，渗出一滴血，突然而至的尖锐疼痛惊吓到了缓慢反刍的羊，它挣扎着翻身，想减轻刀尖带来的疼痛。但是，羊的四个蹄子已经被捆住，它便只能挪，站不起来。母羊的鼻孔越张越大，喘着粗气，像风沙在田野里呼啸的声音，有力，粗犷。突然，它“咩——咩——”地叫了几声，在羊圈里吃草的小羊听到呼唤后，跑过来，围在母羊身边，好奇地打量卧在地上的母亲遇到了怎样的不测，水汪汪的眼睛里是母亲喘气的身影。母羊甩甩头，耳朵挨到头骨，发出“啪啦啪啦”的声音。小羊撅起屁股，俯下身子，抖动尾巴，向母亲示意，似乎是鼓励，又似乎是劝慰。一对母子就这样通过“咩咩”的叫声借以抵消疼痛带来的不安。

母亲让我将钻进羊毛里的草屑子、麦粒壳、泥土粒一一拣出来。羊前身的毛白且干净，屁股部位的毛沾着一团一团大小不一的草绿色和淡黄色的粪便，有点脏，有点丑陋，像一张贴在墙上发黄、褶皱的旧地图。我翻着剪下来后铺在布单子上的羊毛，一种来自羊身上的黏稠气息和羊粪的腥味扑面而来，让人感到不舒服。挑出了藏在羊毛里的几根草屑子，我的手上也沾上了羊身上黏糊糊、抹不掉的气息。

我在院子里的杏树下洗手。父亲手中的剪刀还在羊身上没有剪去羊毛的地方挺进，几杯茶的工夫，高高堆起的松散羊毛翻滚着，叠起厚厚的一堆，蓬松如一座座隆起的小山，几乎要将羊淹没。剪到脊梁时，一簇簇的羊毛像行将干涸的瀑布，从脊背上稀稀拉拉无力地落下来，没有什么惊心动魄，过程也毫不复杂，羊毛软着陆，卧着的羊一点一点矮下去。经历了被剪刀不慎戳伤的阵痛，羊变得温顺起来，不再挣扎，也不再挪动，任凭剪刀从上而下一层一层深入推移下去。

我看着羊，羊看着我，又转头凑过去闻父亲的袖子。羊给我们父子投来温柔的一瞥，它看上去很有成就感，有那么多的羊毛可以作证，它并没有辜负主人的厚望。

不到一个小时，一只羊的毛剪完了。我解开束缚羊蹄的绳子，它站起来晃动身子，剪刀留下的痕迹像山峰的褶皱，一把剪刀曾经攀登过这座并不巍峨的山峰，留下铿锵有力的足迹。

那个早晨，羊所经历的安静和尖锐的疼痛，在我年少的心里留下一种肃穆的感觉。羊大为美，羊老了，静卧的样子像极了参禅的高人，剪刀纷繁的交替声，并没有阻止它在静卧的时候向往远处的一方方青草蓝天。剪刀完成了自己收获的使命，父亲收获了作为家长的尊严，他要用碱将这些羊毛洗干净，挂在屋檐下晾干，然后等着收购羊毛的人在来来回回的讨价还价中买走，最后换成我们的学费。

我目睹了一场收获的仪式，这仪式并不庄重，只是养牲畜的农家每年都要经历几次的平常之事。可是，往往就是这实在平常的仪式，让我对书本中的文明更加充满了向往，也初步培养了我对所有食草动物的好感。那几年，我们家每年都会经历这样的仪式，就是这些羊毛换来的学费、棉衣、棉裤，让我从永无休止的田间劳动中走向校园。

到了开学的时节，羊毛将成为我们的学费。到了冬天，它将成为我们的棉袄。穿上自家羊毛制成的棉袄，我有时会觉得自己身上奔跑着一只羊，它常常在我得意的时候提醒我，要以怎样的姿势向自己生活过的那方土地保持终生的感恩。

橘子酸，橘子甜

冬天的时候，母亲生病了，城里的一个亲戚拎着一兜橘子来看望。物资匮乏的年代，对乡下的孩子而言，能吃到一颗水果糖就已经幸福得流蜜了，再能吃到甜甜的橘子，那更无异于过一场盛大隆重的节日。

将近二十年过去了，我仍然记得那一幕。

亲戚走后，睡在床上的母亲让哥哥拿来那一兜橘子。我知道，她要给我们姊妹分橘子。人小心大，排行最小的我贪婪地盯着那盘放在瓷碟子里的橘子。昏暗的灯光下，橘子光芒四射，引诱得我一遍遍地咽口水。我多么希望母亲把最大的橘子给我啊。我用舌头舔着因为冬季的干燥而起皮的嘴唇，一会儿望着橘子，一会儿望着母亲，祈求的眼神如丝一样越扯越长。

母亲慈爱地摸摸我的后脑勺，给了我一个很小的橘子。我小心翼翼地接过，委屈得眼泪掉下来，我多么希望能得到一个大橘子啊。我没有立即吃掉它，而是想把它带到学校。晚上睡觉时，我把橘子放在手心，舔着冰凉的橘子皮，不知不觉睡着了。

那时候上学很早，天还没有亮就要早早起床到学校。没有人给我们煮早饭，我们的早饭就是两个放在蒸笼里的馒头。厨房里的灯坏了，在黑暗中，我将手伸进蒸笼，摸到的不是柔软的馒头，而是一个冰凉的大橘子！这让我无比欣喜，我想是母亲特意留给我们的，让我们带到学校吃。我将手又伸到里面，摸到的是一个小橘子，再摸，是一个馒头。拿大橘子还是小橘子，我犹豫不决。在姊妹当中，我的地位并不高，学习并不好，大橘子肯定是留给经常帮着干家务活、学习成绩特别好的姐姐吃的，但内心的贪婪使我将大橘子装进书包。

课堂上，我无心听老师讲课，满脑子全是诱人的橘子的味道，我盼望着早点下课，心里默默数数，一秒、两秒，数到六十秒，又从一秒重新数到六十秒，周而复始。愣愣怔怔中，那只橘子如同长上翅膀的燕子，飞向我空洞的胃。

终于等到下课了，我迫不及待地拿出那个大橘子，躲到无人的角落，像科学家通过显微镜审视分子一样观察着它。我想吃，但又舍不得吃，不敢吃。我怕回到家挨母亲的斥责。味蕾上涌起一股股酸水，舌头如同一只钩子，恨不得立刻把那只大橘子钩进嘴里。最终，我把它放进书包里，带回家，又悄悄地放到蒸笼里。

晚上，母亲把我们五个姊妹叫到跟前，她表扬姐姐，说她懂事，爱怜弟弟，把大橘子留给弟妹，而自己舍不得吃。母亲的话还没说完，姐姐和哥哥就把各自的橘子捧出来，说："妈，你身体不好，还是留给你吃吧。"就那样，他们把带有手心温度的橘子交给了母亲。

母亲把大橘子切成几瓣，把大的一瓣分给了我，其他的分给了哥哥姐姐。我们分享着冬夜里的温暖和甜蜜，仿佛自己成了世界上最幸福的人。大橘子酸酸的，根本没有我预想的那么甜。母亲看穿了我们的心思，又接连剥了几个小橘子，我只顾自己，接连吃了几瓣，果汁从嘴里流出来，那个甜呐，仿佛渗到骨头里了。姐姐吃得很慢，说："妈，你也吃吧，小橘子可甜了！"等到盘子里只剩一瓣橘子时，我才发现母亲一点都没有吃。昏暗的灯光下，我们姊妹为橘子到底是甜是酸争得面红耳赤，妈妈说："别争了，好好念书，长大了，你们天天有橘子吃，想吃多少吃多少。"

我暗暗发誓，要努力学习，考上大学，有了钱，让全家人天天吃又大又甜的橘子。

第二年，姐姐考上了一所师范学校。三年后，她参加工作，领到第一个月的工资后，她买了很多橘子。就在我们一家人围在一起吃橘子时，姐姐说：“如果拿橘子来比喻人生，一种橘子大而酸，一种橘子小而甜。有的人拿到大的就抱怨酸，拿到甜的就抱怨小。还记得几年前我们吃橘子的情景吗？当时，如果我拿到小橘子，就庆幸它是甜的；如果拿到酸橘子，就感谢它是大的。”

突然，我明白了姐姐的用心。此后，我不再抱怨，也不再贪玩，我知道自己该干什么了。

现在，我可以随时吃到新鲜的橘子，但总吃不出多年前的味道。我不再迷恋橘子，但多年前的那盘橘子一直闪亮在我的心灵深处。我过着幸福、安静的生活，用不懈的追求采撷着生命枝头上的“橘子”，不与他人争执，也不太在意得失，我只是默默地感激，格外地珍惜，正如姐姐说的：如果拿橘子来比喻人生，一种橘子大而酸，一种橘子小而甜。有的人拿到大的就抱怨酸，拿到甜的就抱怨小。如果我拿到小橘子，就庆幸它是甜的；如果拿到酸橘子，就感谢它是大的。

橘子甜，橘子酸，酸里头裹着酸，酸里头流着甜……

开荒去

好不容易有了一个不用补课可以休息的星期天，父亲一大早就开始在院子里咳嗽了。这威严的咳嗽像敲钟，有一种由内而外的感染；又像生产队里村主任出工前对口号的演练，有一种似是而非的命令。这意味着我不能再睡懒觉了，因为在父亲眼里，庄稼人嗜好睡懒觉就是没有出息、不会过日子的表现。

我只能磨磨蹭蹭地起床洗脸。父亲的咳嗽声又在院子里响起，像一匹布被撕裂，声音干涩、坚硬、沙哑。他是嫌我慢了。等我走出房门，父亲已经蹲在檐下抽烟，他说我们一起到上沟里石嘴山那块斜坡上开荒去。

这是我十分不情愿的事情，可是我不敢说，我有点怨恨，巴望着出门的时候下一场大雨，让我们父子中途折回，免去劳役之苦。我抬头看天，天晴得太决绝，像庭审中法官的脸，铁、硬、僵，没有丝毫通融的余地。唉！我在心底叹息。

父亲扛着镐和铁锹出了门，我赶紧到厨房里拎了一暖瓶水，顺手从面板上扯了一块饼出门。父亲走了一段路，我还落在后面嚼那块已经干了的饼。

到了石嘴山，父亲放下镐和锹，爬到山势低缓离水渠不远地势相对有点平的向阳坡，从东往西踱起步子，走三大步，念一个数字，前后左右、来来回回计算这块即将开出来的地的面积。量好面积，他用镐画了几道长长的线，说："我们就沿这几道线开垦，估计开个三分地还是不成问题的。我刨地，你把地面上的杂草、刨出来的石头垒到我画了线的埂上。"

我真有点怕了，这么厚的土，杂草丛生，石头遍地，何时才能开出一块好地？家里已经有八亩多地了，父亲为什么还这么贪婪？我漫不经心地把父亲刨出来的石头、荆棘根扔到渐具雏形的田埂上。大小不一的石块源源不断地被父亲从地下刨出来，它们睡了很久很久，忘记了时间的存在，或者说它们本身就是时间的另一种形式，还可以说它们是时间流逝的亲历者和目击者。见证了一块没有命名的陌生土地被铁镐改良，被一对父子矛盾的心情开垦。这从无到有、从崎岖不平到平坦如砥的艰辛历程，从杂草丛生到麦苗青青的风雨耕耘，实际上就是父亲指望着家境不断殷实的心路。

父亲说手中有粮，心里不慌，我很纳闷：每年地里种的粮食也很多，家里的存粮有20多袋子（这是父亲引以为豪的财富），再受这些苦实在是难以理解，有什么好慌的呢？

我戴上手套，用力拔还没有刨的地面上的冰草（西部地区常见的一种草，生命力和繁殖力特别强劲）坚韧的根，那些根好像长满了坚牙利齿，紧紧地咬住板结的泥土、沙砾，似乎一松口，就会脱离这与泥土水乳交融的集体。冰草和沙砾、泥土似乎约好了似的，都死死地守着共同的承诺：谁也不能先离谁而去，一荣俱荣，一损俱损。

父亲把高处的沙土、石头铲到低处，让我用脚平整堆在低处的沙土。大半个晌午过去了，我们平整的土地仅有家里的土炕那么大。我已经没有耐心了，巴望着那些野草、荆棘扎烂我的手指，流很多血，让父亲看到，然后心疼地说一声："你歇歇吧，等会儿我们回家。"

父亲向掌心吐了一口唾沫，紧紧握住镐，扬起来，高高举过头顶，嘴里念着"嗯哼、嗯哼、嗯哼"的号子，然后猛地将身子俯向地面，如一张拉满的弓，镐在父亲的前面画了一道饱满的弧线，迅疾地钻入被杂草隐蔽的地下。我感受到一股气流荡到父亲身后，一声清脆的呼啸瞬间消失在头顶，镐尖碰到地下的一块大石头，一刹那，火花四射，剧烈的撞击震得父亲往后退了一步。我看到他两鬓的血管鼓胀着哆嗦了一下，像两条饱满的蚯蚓。撞击使镐脱离了父亲的双手，像受惊吓的马，被惯性抛向了几米外的地方。空旷的田野里传来镐碰到石头后发出的钝厚响声。父亲一个仰面朝天，趔趄着向后退了几步。他头上被汗水浸湿的草帽随即飞起来，滚到不远处的草丛里。

父亲后退的地上留下几个深深的脚印，他用力过猛，立足的地方已经陷下去有一寸深。父亲的脸有点苍白，脸上抽搐了一下，汗像箭头一样纷纷落下。

我看着这一幕，像看着一幕情景剧，有序幕、冲突、矛盾、转折、高潮。我怔住了，心里有一种说不出的感觉，不知是苦涩还是震撼，我实在无法准确形容当时的心情。想到自己心里掖着的偷懒念头，看到父亲窘迫的面容，感觉自己实在是太可耻了。

父亲坐在松软的田埂上，长长地吁了一口气，仿佛要把一身的疲惫全部吁出去。他摊开手掌看了看，然后让我从不远处水沟边的枸杞树上折几根刺给他。我顺从地折了几根刺，父亲用这尖锐的刺去挑手中的老茧。我看了一眼躺在不远处的镐，被父亲的手握过的柄上油光发亮。一根刺被手上厚厚的老茧弄断了，父亲又拿起一根，他咬着牙吃力地用刺穿茧，那根刺只钻进茧里一点点又断了。刺太软了，挑不破老茧。父亲用厚厚的指甲掐老茧，茧被掐破了，揪起来，一片一片的，生硬、干涩。

我给父亲倒了一茶缸茯茶，父亲喝了一口，缓缓地说："娃娃，我看出了你的心思，你如果在学校里不上进，以后就是这个样子。"我惭愧地低下头，起身，将裸露在地面上的石头整整齐齐地垒在田埂上，然后挖上一锹锹土撒在上面，用脚踩实踏牢。

快到晌午了，一小块地如半边脸，搁在天空下。那些不太平整的垄，不知是这半边脸的笑容还是皱纹。我们看了看这半边脸，无言一笑，回家了。后来，我和父亲又利用周末在那块地上垦了几天，终于垦出了三分地。第二年，我们在那里种上了油菜花。

农民对土地的感情永远是复杂的，既爱又恨，爱恨交织；既依恋又渴望逃离，各取半边。自古以来，土地像一条牢不可破的绳索，牵绊着农民和它相依相偎、休戚与共；又像一个圆，让农民以群居的村庄为圆心，把力气和汗水投射到方圆不超过10公里的土地上，繁衍生息，把甘苦咽下，又把幸福祈盼。有的农民挣扎了一生，尽管半径扩大了十倍、数十倍，甚至百倍，但是他的根始终系在村庄这个圆心上，无法脱离，因为一个人的故土就是他的魂魄皈依之地，身可以走得很远，而魂仍在原点，像一口钟，只在你得意忘形的时候为你敲响。

如果让我现在还原那年开荒的场景，我会想到三个字："垦""恳""良"。这用心把底下的土移走的过程，加上一点，就是一颗坚韧的心，或者说是一种信仰改良精神原乡、生存面貌的历程。

现在，我家已经有十多年没有种过地了，而那开垦过的荒地却如一枚胎记，印在我的身上。我在梦境里常常回乡，回到那见证我的无知和浅薄的土地，摩挲那些我和父亲亲手刨出来的石头、沙砾，它们被一茬茬风吹过，被一场场雨淋过，被一层层霜压过，被一场场雪盖过。我在远方，而地在故乡，又荒了，荒得孤寂，荒得苍凉。我在城市，有时候也会悲伤，我悲伤的是不能和那些地一起地老天荒，只能像供奉一尊佛一样给它们留一个位置，用来收留我所有的福祉。

写到这里，我敬佩起我的父亲，不知他现在是否原谅了儿子当时的无知、浅薄。

所有的雪都扑向故乡

那是多年前一个冬天的夜晚。

屋内的火炉烧得红通通的，我和父亲围着火炉，火炉盖上的搪瓷茶壶烫得不能挨手，我们父子没有说话，一口一口地喝着茯茶，茶色浓如晚霞。壶嘴里热气袅袅，尽管是粗茶，但也有一股野性的茶香。虽然是寒冷的冬天，但因为火炉，室内氤氲着一股春日暖阳的气息。

室外，雪花一缕缕、一缕缕，宛如棉絮，宛如羽毛，宛如被撕碎的棉布，铺天盖地。风随性地刮着，忽东忽西，时而急促，时而舒缓，雪花追随着风，像极了没有力气身子酥软的醉汉，一片片跌倒在院子里的柴垛上、果树上、鸡窠上、羊圈上。风小的时候，雪随着风向有韵律地旋转着，让人想起电视里镁光灯下的舞池里风度翩翩的华尔兹舞者，彼此牵手踩着鼓点，或轻微屈膝，或猛然起身，舞者旋转的裙子似一朵被大边叶子托起的荷花。舞池里没有水，却让你分明感觉到他们是在水中央舞动，仿佛有荷香随风飘来，裙子上镶着的花朵随着起伏飘动的裙摆一亮一灭，如同夜空中的星星。在艺术化的世界里，裙子如星辰，舞池如河流，只见暗波涌动，荷花绽放，星辰闪烁。

院子里的白杨树恭恭敬敬地立着，看雪起舞，永远是一副谦恭不语的姿态。尚没有落尽的干枯叶子顽固地居在高处，风起劲了，雪花疯狂舞动，片片枯叶耐不住沉寂，急性子般在舞曲中间不合时宜地鼓掌。雪落无声，风吹树响，黑白世界里，一静一动的二元空间，排列有序的枝干如同一个个琴键，被风拨弄着，发出时而粗砾、时而温和细腻的音节。

经常主持村里红白喜事的父亲就着茶，翻着一本民间文艺地方风情的杂志。火炉里毕剥燃烧的炭蹿出一朵一朵的火苗，如长长的舌头，从炉盖缝里钻出来，瞬间熏黄了书的封底。父亲慌了，抓起书本一甩，打翻火炉上冒着热气的茶杯，茶汤泼在炉盖上，发出“嗞嗞”的声音，茶汤在通红的炉盖上烫出一个个高低不一、大小不一的水珠。水珠跳跃着、翻滚着，很快化为一团白气，没了。我笑了，父亲也笑了。

夜渐渐深了，续了一壶又一壶茶，而雪仍一朵一朵争先恐后地扑向大地，仿佛为了完成某个约定一样，不管不顾地飘落，有点蛮，有点任性。我想起夜幕快要降临的时候，村庄里那些从山野里觅食回来的羊群急匆匆地奔向自家的门口，巷子里传来咩咩的羊叫声，而圈在家里的小羊听到母亲的呼唤声，在院子里撒着欢，迫不及待地扑向门口。门被闩着，尚在哺乳期的小羊用稚嫩的头角顶撞木门，急切地咩咩叫着，那声音如同被撕裂的布帛。门外的母羊一边用头有力地顶门，一边咩咩回应着里面的小羊。饥饿的小羊不停地甩着尾巴，从门缝里望着门外的母亲，回应母亲的宽慰。声音穿透并不严实的木门，母亲的气息、奶水的气息就这样流进院子，小羊安静下来，等待一次酣畅的哺育。

望着窗外的雪，想着那些温馨的场面，我渐渐睡去……

现在，我远离了故乡，远离了父亲。身在终年少雪甚至不见雪的南国，我总有一种饥渴，对雪的饥渴，对故乡的饥渴。曾经的场景再也不会重现，因为遥远的距离，我再也不可能或者很少有机会和父亲在冬天围着火炉喝茶，曾经如花的雪光也常常覆盖我清凉的梦境。

一个人的爱有时候是一座沉默的冰川，而有时候只有一朵雪花般那么渺小。身处异乡，我的衷肠沿着雪花的棱角化为水，一生只能膜拜一个方向。故乡只有一个，而我们的爱如同河流，会有很多支流。我何尝不是那一朵流浪的雪花？那被困在乡愁里面的小羊？多么奢望自己攒足一生的力量，扑向故乡，扑向那印着光阴痕迹的柴门，在故乡的胸脯上肆意地呢喃，任泪水汪洋？

故乡远去，我再也回不到从前，我借着文字的犄角，阻挡红尘中纷繁的诱惑，在南方的世界里写下爱，写下一朵雪花扑向故乡的眷恋和柔情。

一个村庄的夜晚

大风浇灌着故乡，灯笼是开在云中的花朵，乡亲们被篝火映红的脸是明月浮云之下怒放的花，一串串鞭炮宣泄着发酵了一个正月的激情。篝火温暖，勃勃燃烧的舞姿让孤单的月亮忘记了忧伤。

这是正月十五的夜晚。在我的故乡，乡亲们团结在月亮的光辉下，手挽着手，围着篝火载歌载舞，感恩土地，这母性的神。

在乡村的阡陌间，五谷丰登是一种祈盼，风调雨顺是一种泥土般朴素的心声。劳动像一粒粒光泽耀眼的盐，使泥土之上、田野之间溪水般流淌的日子多了一种味道。这些大地的臣民，他们生命的词典里从不缺钙。他们骨骼粗壮，劲头十足，擂响喜庆的牛皮大鼓，这男性的嗓门发出了村庄里最具力量的呐喊。

一个个咸咸淡淡的日子，在今夜飞扬成一串串激情的音符；一个个亭亭玉立在心间的祈盼，在村庄上空挂成一盏盏红灯笼。乡亲们的愿望很简单，也很真实，简单如一把没有杂质的泥土，真实如结在掌心的一个茧花。

书本把我从土地拉向城市，十多年没有抚摸过庄稼，我试图进入乡亲们的心间，了却他们朴素的愿望，然后把他们的心事生成一粒粒饱满的麦子，以黄金般的品质回报他们对劳动的敬重和对土地的虔诚。我又想成为一盏大红的灯笼，让每一个日子都能在灯笼的映照下洋溢幸福的气息。今夜的村庄沉浸在充满母亲乳香的炊烟下，恬静地栖息在白杨树上留守家园的候鸟忘记了讴歌。

我坐在篝火旁边的木板凳上，一些长辈拉着我喝酒。他们说正月是土地神一年当中赐予乡亲们的假日，尽管很短暂，却如手中的青稞酒一样醇厚有味。我烤着火，注视着围成一个圈唱着民歌舞蹈的乡亲们，他们微笑着招呼我也加入他们的行列。我不会跳舞，只会在键盘上用手指舞蹈，键盘就是我的舞台，故乡就是我文字的发源地。我拱手道谢，他们的善意如同眼前的篝火，让我无比温暖。

一个长者说："没事，你去跳跳吧，只要跟上鼓点就行。过完这个年，我们就要回到土地上，撅起屁股干活。”

我想，这就是他们对生活最真实的注解，也是被我们文绉绉、美其名曰的所谓“人生观”。他们的劳动是一部厚重但不晦涩的哲学，他们的舞蹈是一种简单而又丰富的泥土美学。他们不糊弄土地，也不亏待自己。他们最清楚土地是公正的裁判，一滴落在土地上的汗水，胜似十句舞台上光芒四射的致辞。

记得有句俗语：“二月里人哄地，八月里地哄人。”这是从乡村的风雨洗礼里出来的一句哲言，这句哲言如同一把厚实的铁锹，乡亲们握着它，在土地上书写着命运的横竖撇捺，体会着生活的酸甜苦辣。他们在土里刨食，幸福的日子就像躲藏在地表深处的一个个甜红薯，引诱着他们不断深入。一路汗水，一路甘苦。

酒喝了一盅又一盅，烟吸了一根又一根。乡亲们热情地提议让陪我回家探亲的妻子也进去跳舞，妻子有点羞涩，乡亲们热情地说：“没事，跟着我们跳两圈就会了。”还没等妻子从凳子上起身，许多双手早已伸向她。

和我喝酒的乡亲们从父亲那里了解到我写作上的成绩，一边频频给我敬酒，一边一句又一句地夸我，说我有出息，说村子里在外地工作的人中我混得很好。他们眼里的“混”就是一种真诚、踏实的劳动。我不敢说自己混得怎么样，只是同他们种庄稼一样，认真地在生活这复杂的田地间种我热爱的文字。

我们拉着家常，篝火慢慢地弱下去。夜深了，我要赶回县城的家，第二天还要乘火车到江苏。村里负责社火表演的长者提议全体跳舞的乡亲为我送行，乡亲们不分大人、小孩，围着我，在长者有序的引导下高呼：“祝小兄弟事业有成，为青海争光，为家乡争光！”

我们要走了，在场的男女老少一一同我握手。长者说：“明年再回来啊，回来时一定到我家坐坐，家里有只鸡一直没有舍得杀，等养肥了，明年一定请你们吃上一口。”

我有点不安，也有点难过。不安的是明年世事纷扰，我能有机会回到生我、养我的故乡吗？难过的是我愧对他们的盛情，我仅仅是两手空空回到故乡，他们却给了我如此至高的礼遇。

一种犹如针扎的感觉瞬间袭遍全身，我的心一下子变得柔软、疼痛起来。故乡的这个夜晚，像一个夹了一层又一层糖的点心，让我这个不轻易落泪的游子眼睛湿润。被乡亲们热情地拉过去跳舞的妻子眼睛里闪着泪花，她已经先我而感动。

我想，一个对故乡敬若神明的人，他的每根神经里永远都洋溢着泥土的芬芳。

面片，味蕾上的故乡

每个人的心中都有一座属于故乡的宫殿，每个人的味蕾上都有一碗属于故乡的面，宫殿用来储藏自己的情感，面食用来安慰自己空洞的肠胃。故乡如花，在味蕾上长久地盛开着，一朵一朵洋溢着故乡所特有的气息和美感。

但凡从西北出来的人，都对面食情有独钟。一方水土养一方人，一方饮食滋养一方文化，这钟情是与生俱来的，是渗透到血液里的。西部的面食种类很多，最有代表性的就是拉面，其次是刀削面，再次是拌面。这几年，以兰州拉面为代表的西部面食在南方的城市异军突起，其实，南方人不了解，在西部，尤其是青海一带，人们最喜欢的是面片。

在故乡，几乎每户人家每天都要吃面片。毫不夸张地说，在故乡，刚懂事的小孩子都会揪面片。做法并不难，把面揉均匀，然后分成几团，每团用擀面杖压成一尺长、一指厚，呈圆饼状，再用刀均匀地切成一条一条，滴上几滴菜油，用干净的塑料袋包起来，防止时间过长面皴了，揪起来不利索。当锅里的水沸腾时，将条状的面用双手压扁，两手揪住面条的两头，用力一扯，条状的面一下子拉得很长，再用力在面板上甩一下，一指厚的面就变得有几张纸那么薄。然后将面条的一头搭在手腕上，两手对称地捏住面条的另一头，不停地一片一片揪成指甲大小，扔进沸腾的锅里。就这样，面片雨点一样下到锅里，过不了几分钟就熟了。这才是揪面片的第一步。如果要吃炒面片，那还要费一番功夫。将羊肉或者猪肉切成肉丁炒熟，再将切碎的大葱、土豆、青椒、西葫芦混在肉丁中炒，炒熟后，将沸水中的面片用滤网捞出来，混到肉丁、大葱、土豆中，起锅的时候，撒点味精或者花椒，最后将切成丁的西红柿放进锅里，炒几下，让西红柿入味，至此，一碗炒面片才做好。

当一碗热气腾腾的面片端上桌时，肉香、葱香、西红柿香扑鼻而来，碗里要白有白，要绿有绿，要红有红，不但是视觉上的享受，还是味觉上的享受。这只是面片最基本的吃法，讲究的人家炒面片时还要混入一寸鞭炮长的粉条，起锅时再撒一些香菜，这样做出来的面片味道更佳。

离开故乡多年，每年春节回家的时候，不论是在飞机上还是火车上，启程的那一刻，我就在心底里想好了，回家的第一顿饭不吃别的，只吃面片，而且是母亲和姐姐亲手做的面片，我在电话里对她们夸下海口，一进家门，非吃三大碗不可，我挑剔的胃已被他乡的大米、鱼肉困得太久了。我知道，一到家，我就有改善口福的希望了。可是回到家，面对香喷喷的面片，吃完两碗已大汗淋漓，尽管还想吃一碗，但我已经吃不下了，只恨自己的胃不争气。

在他乡的时候，尽管每天的菜肴很丰盛，但我总觉得胃里缺少些什么。我到大街上寻找拉面馆，一进店门，便迫不及待地问："老板，有面片吗?来一碗面片，要放青椒、西红柿。"趁着空闲，老板和我聊天，说："一听到你要吃面片，就知道你是青海人。"我笑笑，反问："青海出来的人，哪有不爱面片的？"面片上桌的时候，我感觉一下子拉近了自己和故乡的距离，故乡已不再是一个遥远的地域概念，久违的故乡的气息、亲人的气息，通过一碗热气腾腾的面片清晰地洋溢在我的面前。

我曾在一篇文章中写道，尽管我穿西装、打领带，西装革履地出入办公室和一些酒店，但打出的饱嗝中总有土豆的味道。我热爱面片，热爱故乡的粮食蔬菜，我以这世俗的热爱来慰藉我在他乡落寞的乡愁。

故乡是一个人最原始情感的圣母，而与故乡有关的那些面食，则是渗透骨髓的一种文化。面片里蕴含着故乡的风物，那被高原风吹黄的麦子、被黄河水滋养大的蔬菜，无不是我的生命趋于成熟的见证。面片，你就是故乡湛蓝天空下的经卷，每一卷都印满了游子浓浓的爱恋。当一片一片的面片雨点一样落进我的胃里时，我知道，圣母一样的故乡，让我这身处他乡的游子回到了她温暖、宽厚、仁慈的怀抱。

麻花背后的故乡

每个人的身后有两个故乡，一个是地域概念上的故乡，一个是精神意义上的故乡。我想说的是，如同一个果子，散发着色泽和香味的地域故乡，只是这个果子的表皮风光，而承载灵魂、种子和血脉的精神故乡才是果核。我们眷恋故乡，首先爱的是那里的风情、文化和生活在那方水土上的人们，然后才是地域概念中的水土、草木。精神情感之核内的故乡像一根射线，贯穿一个人的生命历程。

故乡的风土人情、牲畜灵物、山川草木、方言土语、谷物蔬菜，以其朴素、平常、世俗的一面，在我们情感的射线上散发着温馨而又绵柔的光泽，让游子在孤独中有了灵魂的寄托。这些风物如同一道道护身符，护佑着他们经历风霜，接近自己所要企及和追寻的梦想。

美食最思乡。在特殊的日子里，味蕾最容易勾起游子温暖、美好的回忆。今年春节，我没能回到两千公里之外的故乡。过年的时候，对故乡的眷恋如同钟表的指针一样，一刻也不曾停止。尽管春节期间每天酒肉穿肠而过，身处热闹当中，但我总觉得自己的味蕾里少了一种味道，内心深处有一些落寞、感伤。我想念老家大姐油炸的麻花，于是给远在青海的她打电话，让她给我邮寄一些她亲手油炸的麻花。接到电话后，姐姐很高兴，她没想到在城里过着舒适生活的弟弟，还和当初一样喜欢老家的面食。

初四那天中午，我正在亲戚家喝酒，姐姐打来电话："弟弟，麻花已快递给你了，为了防止麻花长毛，我在纸盒上钻了几个孔透气。我以为运费只要三四十块钱就够了，没想到花了一百二十多块。当时我身上没有那么多钱，本想第二天再给你寄，又担心耽搁了，就打电话给附近菜市场卖菜的同行，请她送了点钱，才凑齐运费寄了出去。"

听了姐姐的话，我有点难过。可怜的姐姐，因为今年盖新房，欠了几万块的债务，日子过得紧巴巴的，我竟还让她如此费心。姐姐以种菜为生，由于菜价不景气，收入勉强过日子，每一块钱对她来说都很珍贵。有时候，种菜所得还不够付出的成本，只好眼睁睁地看着菜烂在地里，或者把菜铲了，要么送人喂猪，要么倒进河里。这是很辛酸、无奈、痛心的事情。生活像一根绳子，深深地勒进她的身体里，让她终日像个陀螺，围着菜地、市场、家庭、打工的地方不停地转，没有喘息的机会，而她艰辛的付出，所得到的回报总是那么不尽如人意。

我对姐姐说：“姐，我让你费心了，过了春节，我给你汇点钱。”姐姐说：“千万别汇！你贷款买了房子，很不容易，作为姐姐，我不但没有帮上忙，反而给你添负担，我很过意不去。你的心情我理解，你汇钱，我心里会更加不安的。”

我说：“几百块钱是小数字，你不要放在心上。”

挂电话时，姐姐再三强调：“请你别给我寄钱，早知道你这样，我就不给你寄麻花了。你早点把房贷还了，我就安心了。”

假期过后，我到单位上班，传达室有几家报刊寄来的几百元稿费。当天中午，我就把这些稿费汇给了姐姐。第三天，我收到姐姐寄来的一箱麻花。箱子全被透明胶带严严实实地裹了一层又一层，麻花上的油渗进了纸箱，使原本较硬的箱子变了形，软塌塌的。透过胶带，我看到箱子上钻了很多圆珠笔大的孔。在邮寄单的邮寄物品一栏中，我看到一个字：馍。姐姐的字歪歪扭扭，一个“馍”字让我鼻子发酸、眼眶发热，这是一个多么温情、朴素、久违而又庄重的字啊！城里人只知道面包、汉堡、麦片，有谁知道“馍”这古老的文字背后蕴含的那份艰辛和深情呢？

打开盒子，菜油的香味扑鼻而来。金黄色的麻花全部碎了，几乎没有一个是完整的。稍微完整一些的麻花上有出锅时留下的松散气孔，仿佛一个个明亮的眼睛，观察着我这个远离故乡的游子内心有多少落寞和感伤。碎了的麻花，里面是雪白的面粉，如同姐姐那洁白的内心。菜油让我想到了金黄色的油菜花、碧绿的茎叶，面粉让我想到故乡的雪，想起了姐姐那朴素的心。金黄色的麻花最亲近大地，亲近我远离故乡的心。粮食属于大地，属于大地上的故乡。麻花是大地的肤色，让我想起亲人那被高原的太阳、大风吹晒成古铜色的脸。

看着这些穿越两千多公里距离的麻花，我的眼睛湿润了。我翻了翻碎了的麻花，细心的姐姐为了防止麻花上的油渗透纸箱，还特意在箱子里铺了几层报纸。文化程度不高的她犯了两个常识性的错误：报纸更容易吸收菜油，从而让纸箱变软、变形，如果用塑料包裹，效果会好一点；她用胶布把纸箱封了个严实，堵住了上面的孔，空气不流通，更容易让麻花长毛。好在她寄的是快件，不然最起码要在路上走七八天，麻花闷在箱子里长毛是免不了的。

我当即打电话给姐姐，说："姐，我收到了你寄的麻花，又酥又脆，太好吃了。看到麻花，我像看到了你一样，心里热乎乎的。"姐姐赶忙问："有没有碎掉？我怕邮局的人把纸箱摔了，再三叮嘱他们要小心轻放。"我说："没有，全部是完整的，你放心。这么多的麻花，足够我吃很长时间了。你炸麻花用不了多少钱，快递费是成本的好几倍啊。"姐姐说："亲情哪儿还需要计较成本啊！只要你吃了不想家，花多少钱我也愿意。麻花没有碎，我就放心了，我就担心它们在路上被摔碎。"我说："我给你汇了400块钱，你贴补家里吧。"姐姐叹了口气，说："你怎么就不听话呢？让你别汇，你就是不听！我吃自己种的菜，不用花钱，倒是你在城里到处都要花钱，你这样，我很过意不去啊。唉！你就是不听话！”

电话里，大姐不停地叹息，声音听上去有点哽咽。我赶快挂了电话，我知道，再说下去，她说不定会哭。以前我给她汇钱，她总会自责、难过，有几次收到我给她的钱，她还哭过，说她自己命不好，种菜卖不了多少钱，家里建新房欠了债。作为姐姐，不但帮不了弟弟忙，反而拖累弟弟……

一箱麻花让我所有的情思回到了故乡。距离不是隔断情感的河，也不是撕裂伤口的刀。乡愁不因光阴而逝，故乡更与风物亲。总有一天，这些麻花会被我贪婪的肠胃消耗尽，但我知道，麻花背后的故乡，在故乡的阡陌里不停奔波的亲人，会因这接近大地的食物，而在我的心灵深处像冬夜里的油灯一样温暖绵长、十指连心、地老天荒。

第四章

陶情杯酒
咏春秋

人间烟火皆是深情

Chapter 04

如晤八大山人

看八大山人的画，宜秋，宜冬，宜一人，宜围炉。

家中买了《八大山人书法集》《八大山人画集》，我在闲暇之时经常翻阅、揣摩，偶尔临摹其中的小品画和字帖。

纵观其画作，几乎每一幅枯笔都有岑寂之气、岑寂之境。枯，在其笔下不再是毫无生机的生命绝唱，而是深藏筋骨的生命张力。每一笔枯墨貌似气若游丝，其实是停泊于苍凉的宣纸上的一种力透纸背的无声呐喊。

枯不再是美的消亡，皴不再是单一技法，而是生命张力的宣泄。枯，让一幅画从有我之境抵达无我之境。那极具标识的翻白眼的鱼、鸟、禽，以白眼傲然于世界，忘掉所有的存在，天地苍凉，孤独深沉。所有的心事都闭合在白眼那半括号一样的弧度中。顾城说："黑夜给了我黑色的眼睛，我却用它寻找光明。"在八大山人笔下，就是黑夜给了我黑色的眼睛，我却用它来翻白眼。禽栖枯木、风冷山石；霜冷长河，鱼翻白眼；山涧无人，心动松声；湖塘问荷，枯骨有筋。八大山人的画有寒气、杀气，是藏在暮色中的刀，寒光隐于暮色，坐等冷月才出鞘。他用萧瑟之境撑起了一个人的大孤独。

依我肤浅的认知，我一直觉得八大山人所有画作的背景都是岑寂之境。笔墨在纸的前台携着枯锋画下心境，他在背后，如一个孤独的王者调兵遣将，一笔下去，江山失色，时空苍凉，人书俱老，笔锋已尽，最终抵达旷世的孤独。他的笔墨是哲学，需要时常翻阅，然而任凭后人如何解读，最终谁也无法彻底破解他深沉如冰川般的孤独。

细细玩味他的画作，画作中的很多表达主体都是单数，比如一只腿单立、另一只腿隐藏于身体的鸟，在枯树上闭目沉思的禽，比如独自游动的鱼，还有他的花卉小品，均是单数。单数更接近孤独。那么，那隐去的一部分去哪里了？他的画里看不到壮阔，唯有一片萧瑟之中托起生命的苍凉与大孤独。不与人说，只与天地风物神合。单数是生命的不圆满，正是因为不圆满，生命才变得深沉，艺术才有了那份缺失后的追问。

我曾临摹了一幅八大山人单腿独立、闭目曲颈挺胸的鸟。画好后，我就晒在朋友圈，有人看到后问我：“为什么你画的鸟只有一条腿？”我回复一个微笑的表情，笑而不答。

我觉得，这看似常识的终极追问不可道破，道破了，想象空间尽失，美的张力瞬间破裂。让隐藏在背后的那部分走到前台示众，无异于让一个隐身的演员剥光衣服给观众展览，这是羞辱。

隐，是岑寂；隐，是无我；隐，是八大山人的哲学观。

王国维说：“无我之境，人惟于静中得之。有我之境，于由动之静时得之。故一优美，一宏壮也。”“有我之境，以我观物，故物我皆著我之色彩。无我之境，以物观物，故不知何者为我，何者为物。”这正如《菜根谭》中的一副明联：“满室清风满几月，坐中物物见天心，一溪流水一山云，行处时时观妙道。”我深喜其中之道，请书法家周时君将这幅字题写后，装裱挂在我家客厅中间。中国文字深厚的意蕴，将自然风物和人的内心世界完美融合，在不同语境之下折射出不同的人生况味。

大写意中无我，枯索皆成寂寞。他从天地之间走来，口如扁担，隐于茫茫雪野，时隐时现，时有我，时无我，有我无我，宇宙过客，那一个高冷、顽固的白眼，就是他的魂魄。

中草药，民间慈善家

记忆中，我一次也没有喝过真正熬过的中药，如果有，那也是少年时发热后，被家人强迫喝过的板蓝根冲剂。我把冲剂含在口中，神态犹如上刑场的壮士，咬紧牙关，脸鼓起，眉头紧皱，表情如冰川，风萧萧兮易水寒，一杯中药难下咽。想试着咽下去，可几次都不行，悬念一样挂着，在家人急迫而又烦躁的催促、数落和责骂下，突然，箭一般，我冲出屋门，“哇”的一声，吐在院子里，满眼是呛出来的泪，吊在眼眶上。结果被家长怪罪，说我不知好歹、太娇气。是的，农民的娃娃是没有娇气的资格的。

那种小塑料袋包装的褐色板蓝根的土腥味和甘苦的味道，一直蛰伏在我的记忆深处，如一道中考作文题《有一种味道在记忆深处》，常常让我梦见自己坐在考场里，考砸了，然后梦中惊醒，醒来后宽慰又惆怅。

每年春夏之交，我的脚上总会生出很多水泡，密密麻麻，不痒，时间长了，水泡就会变成脓白点。按以往惯例，我涂涂膏药就会好。然而，今年尤甚，惨不忍睹，被药膏治好的块状死皮一点一点翘起，如旱地里被雷日暴晒后卷起的泥卷，荒凉、丑陋。水泡极其顽固，今天这里干了，明天别的地方又密密麻麻地冒出来。我持续和它们展开“阻击战”“歼灭战”，然而膏药的火力不足，疗效比不上它们生长的速度，这让我颇为心烦。

后来去医院，医生化验检测后，给我开了中药药方，这种药一包10小袋，每袋精确到具体的克数，医生让我坚持用来泡脚。恕我把名字与大家共享：蛇床子、地肤子、苦参、白鲜皮、黄芩、大黄、黄柏、土荆皮、明矾。当我看到药方时，不由得被这些又土气又有底蕴的名字震住了。我觉得奇怪的是，凡是带“子”的植物都特别卑贱，但令人肃然起敬的正是这些拥有卑贱名字的植物却有着卓尔不群的中药疗效。比如：蛇床子、大枫子、牵牛子、车前子、沙苑子、枸杞子、覆盆子、菟丝子……众多的“子”民组成了家族里庞大的分支，也成为《诗经》中那些熠熠生辉的句子，照耀了数千年历史长河，有多少人身上的病灶被这些落在土地上最低处的植物所治愈？这个问题如果再衍生开来，将是多么庞大的“问句集团”啊。

它们似乎天生就命苦，但苦是一种拯救。大自然把它们派到人间布道，各自担负起使命，不争不抢，在不同的病灶上按不同的诊疗方法步步为营，成为我们体内的慈善家，在我们的身体里做清道夫、司令官、开路者，驯化、改造潜藏于我们体内的毒素、病菌。它们外表柔弱，姓名轻贱，个性迥异，但当它们联手成为一个处方时，就是一个庞大的渗透力极强的集团军，各自用不同的脾性彻底改造和打败我们世俗肉身内的阴暗分子。

很多中草药其貌不扬，却极有耐心和韧劲，当它们从植物形态被加工成药材时，它们就开始了漫长的长征。药香苍茫，滋味浩瀚；形貌万千，脾性如海；律令威严，殊途同归；替天行道，道亦有道；大道坎坷，终将凯旋。

这就像生活中那些低调行事的人，总是不动声色地给这个世界温热和光辉，然后悄然转身离去，留给世界的永远是一个看不清面孔，却能感受到温暖的身影，他们身上的善就如同中药，如同月光，清逸、干净、清澈。

我按照医生的处方坚持泡脚一段时间。那些不同肤色的颗粒在热水的召唤下，在盆中慢慢溶解，我中有你，你中有我，成为一个命运共同体，踏上各自的征程，歼灭我脚上的毒素。

很多中草药，小时候常常被我们踩在脚下践踏，比如车前子、回心草、蒲公英、苍耳、大蓟、灰条等。用世俗的眼光看，很多草其貌不扬，却有着难得的好脾气，这是它们的魂魄所在。当我泡脚的时候，是它们的魂魄在我的伤口上发力，祛除我的烦恼与困扰。我要大声说：每一道中草药至少带有一种光芒，它们被派到人间，拯救民间苦痛，替天行道，安抚世道人心。

昨夜下了一场大暴雨，暴雨构建起新的世界秩序。凌晨三点，忽闻蛙声四起，侧耳倾听，是来自小区附近的河流、小区里的池塘。蛙声倍感亲切，池塘里有菖蒲、芦苇、睡莲等，它们也是中草药，那么青蛙的合唱也就有了中草药的清香，它们从不远处飘来，如《聊斋》中的幽灵，将一份美好、诗意、清澈的田园请帖，从窗户缝中投放在我的眼前、耳畔，邀我在这个夜深人静的时候去听那浸润着药香的《诗经》。

每一个鄙贱的名字，都在我们体内有着最璀璨的光芒，人间烟火里，那是植物界的《清明上河图》，敬请收好。

锔钉，时代的隐者

孤独的钉子在时间的河流里变老。

它接受锤子的锻打与教化，从不喊一声疼。一把壶裂了，钉子想让破碎的山河和平统一，让此岸安慰彼岸，彼岸成为此岸。钉子没有脚，它在壶身上完成一次短暂的远行。

一根铜线从圆柱形变为扁平形，借助手艺人的技巧、眼光和审美修复时光，修复河山，修复春光秋月，修复长河冷霜。岁月的长河里，生命总是无常的，美也是如此。生命总是不圆满，钉子在破碎后的陶泥肉体中超度生命，它沉默不语，美德无痕，加持了一颗欢喜心。

泥与焰联姻，给文明赋形，于是有了各种器皿，它们如落在民间的使者，承担起了使用和审美的功能。水与火交战，最终握手言和，塑造了陶、砂、瓷、泥的硬骨头和尊严。

陶罐杯盏，是舀不尽的长河落日，说不完的嘉禾往事。

这古老的手艺借助现代人的手，让锔成为壶的恩人。一把壶破镜重圆后，因为多了几道皱纹而倍显内敛、厚重、稳健而又佛性。哪有不受伤的船？谁的生命不曾经历兵荒马乱？

在人对器皿的不断摩挲中，器皿日渐圆润，有了包浆。

面对一把破碎的壶，我想吟诵叶芝的那首诗《当你老了》：“当你老了，头发花白，睡意沉沉，倦坐在炉边，取下这本书来，慢慢读着，追梦当年的眼神，你那柔美的神采与深幽的晕影。多少人爱过你昙花一现的身影，爱过你的美貌，以虚伪或真情，唯独一人曾爱你那朝圣者的心，爱你哀戚的脸上岁月的留痕。”

那么，一把壶老了，身上的锔钉就是它脸上的皱纹。这让我想到做剖宫产术的母亲留在腹部的疤痕，这是生命接纳恩光的门，锔钉就是我的恩光，让我的伤痛因为它的修复而恢复往日的寂静欢喜。

一把心爱的壶因不慎失手而摔出裂缝，那裂缝如一道神秘的闪电、一句警示，壶因为磨难而喑哑失声，但它不接受宿命。锔钉是它生命里的摆渡人，幽微的创伤竟让生命得以涅槃重生，谁也说不准我们生活中经历的伤，也许就是岁月赐予我们的恩光？

金缮高贵，让碎裂的壶、杯、瓷、陶、玉皈依于生命华美的失乐园，一切失而复得的机缘，皆是生命天空里过往的闪电。宛如流星般的伤疤，有了金光，让我记住教训，记住每一个来到我眼前、被我捧在掌心摩挲过的器皿都有生命，都有它的脾性。我们彼此珍惜，是高山流水，渔樵问答。

锔钉之人，是壶的知音、恩人、导师。因为伤痕而相遇，因为相逢而相交，一把壶的肌理因此焕发内在的光彩，它因此而变得深刻，犹如一部史册里沉淀的思想。生命的手术，让壶体上万颗沙粒的呼吸成为命运共同体，当一粒沙感到疼痛时，更多的沙粒围着它诵经，给予它安慰。

伤痕、裂纹、疼痛、悲伤都是生活的负数，锔钉这古老的手艺是在刀尖上行走，是锤目出的星辰。一双手复活了远古的文明，就有了古典的美，它让生活的伤痛负数变为生命的光华正数。因此，我们看到一把壶经历伤痛后恬静的表情，如走出手术室的亲人，如出了重症监护室的知音，那一刻，两人执手相看泪眼无语，唯有泪千行。

久别重逢后的喜悦，是经历苦厄后的珍重。

这样的手中有大慈悲。一案、一几、一锤、一钉、一钳子，笃定、寂寞，不求闻达，隐于城市喧嚣之外，可芭蕉听雨，可松风问茶，可细数窗前明月几度开，可炭火初开汤正沸。

大隐隐于市，锔钉如一个隐者，拯救着美和爱，修补着这个纷繁时代稀缺的静气，方寸天地是它的桃花源，作为非物质文化遗产的它就有了存在的理由。

会饮需在老中寻

一款老茶，比如陈年老普洱，低调、内敛、醇厚、温和，不多言，带有岁月赐予的金花，难寻而又可贵。遇到它，是命里的福分。在一盏琥珀色的茶汤里照见岁月的厚重和甘醇，就仿佛翻山越岭，在柳暗花明处于不起眼的角落相遇，于是，一碗茶汤抚慰你干、枯、涩、燥的肠胃和心灵。

朋友圈里有那么几个人，我私底下常常把他们比作醇厚的老普洱、十年以上的福鼎老白茶、二十年以上的私藏老酒。或许是地域、文化、性格的原因，我过于耿直，不懂圆通，交朋友比较挑剔，我对几个朋友以茶酒做比喻这话从来没有当面说过，实际上，他们妥妥的就是在我心目中有至高位子的老茶、老酒。愚以为，一款好的老普洱、老白茶，姑且不论堂号，没有存放十年以上，不能算作老茶；一款好的陈酒，没有存放二十年以上，不能算作真正的老酒。这是一道分水岭，无他，正如白居易诗云："一道残阳铺水中，半江瑟瑟半江红。"老之况味，是大境界、大孤独，一款老茶见到底是通透，一杯老酒最至味，是知己。知己难寻，就是一个"懂"字。是"我醉欲眠卿且去，明朝有意抱琴来"，可惜现代社会没有这样的意境了。朋友喝醉了，不可能说"你们先喝着，我先回家了，明天抱一把吉他来，继续和你们喝"。

杯中乾坤大，酒杯中能看见人格。当然，我这句话不是对酒鬼、酒徒而言。五六好友一起，我的好你懂，我的坏你也懂，江河湖海一统，彼此照面知心，不在乎权势地位，皆因人格相近、脾性同频。可豪饮，可小酌，酒可好、可差，菜可精、可粗，因为懂得，所以喜悦。不因酒菜之贵贱而坏了氛围，皆因气场相投，棱角相合，于是天长地久。彼此身上不贴世俗标签，一切皆因为懂，懂彼此的内涵、脾性、嗜好、特长、缺点。我不是和你的酒量匹配，而是和你的人格匹配。多好！我不是和你这尊肉身对饮，只是和你肉身深处那颗不羁、放达、豪气的灵魂对饮。

所谓懂得，是因为我们彼此信奉了相近的精神秩序。道不同，不相为谋；道可道，非常道。其中有妙境，还需各自参透。每个人的性格就是他的命运之路，大格局者，海阔天空，布局众流；小格局中，眼中只见物，不见人，因此，路越走越逼仄，更别谈气势，走着走着让自己走上了一条鸡肠小道。酒者，天之美禄；魂者，物之精灵。

让魂进入酒里，酒进入心里。

茶有文气、静气、秀气，酒有剑气、士气、侠气，更有浊气。茶是柔文化，酒是刚文化。茶酒一起，刚柔相济。茶，平静；酒，呼啸。酒激发勇气、张力、创造力，茶滋养和气、自制力、忍耐力。杯中乾坤，酒里江湖。世界美好，世俗值得。

古人云："惟德惟贤能服于人。"纵横酒江湖者，玉树临风，得体于言谈举止之礼，酒杯中看见人性光辉，不霸、不欺、不凌驾，此乃谦谦君子之修为风范。常言道，酒桌无大小，实际上恰恰是：无中有，有中无。一切妙在化解。酒化解了骨子里的那份傲气、霸气、剑气，又淬炼了那份士气、锐气、豪气。

中年听枫到霜后

光在追光，霜在降霜，时间的车辙在留白中回响。风是最好的铁匠，在天空抡起锤子，一声“叮当”，两声“叮当”，三声“叮当”，在无数声“叮当”中，无患子褪掉了它的黄袍。霜的成色，不是苦难的分量，时间的压力成就骨子里金黄的交响。患难与共的落寞道场，你借过谁的肩膀？落叶如感叹号凋零，仿佛一记钟声，对“枯”保持庄严与虔敬。一棵树是时间的产床，也是时间的遗址，所有过往的欢笑风华，皆是霜后尘埃的知己同类。尘埃如圣母，平静、平等、平和地接纳了一切。生命从虚无走向深刻，又看淡一切，让自己归零。一岁一枯荣，冷暖自知，归零后安详地接受命运的安排，枯也是荣耀，树的减法也是时间的乘法。萧索也是冷峻的美，我在留白，雁鸣何来？霜影旁白，雪骨出彩。

十二月初，我在小区拍到几朵正在盛开的垂丝海棠，这是反常的物候。什么样的风，让这几朵花在孤独中动容？又是什么样的云，抵达它们粉色的梦境？是留守的儿童守望着他们的父母，还是把自己编成王冠，奖励给霜的两鬓？其实就是几朵花贪玩，在春风里错过了站点，滞留到了冬天的门槛。

总有一束光照亮我的世界。我追随这束光的召唤，下楼散步半小时，拜见这些草木知己，捕捉色彩的霓裳，聆听光影的交响，在自然草木的魔幻现实主义的色彩演绎中感知美。鸟鸣也是彩色的，风霜更是彩色的。霜是特种兵，风是牧师，它们联袂布道美，朝闻道，思接苍穹可行远。朝觐一棵银杏树，它长成了一座寺庙、一座图书馆，储存着人类最初的童话和真善美，它更是我们的“纯真博物馆”。

在鸟鸣声中散步，每一声鸟鸣都是《诗经》中飞出来的一个汉字，每一片落叶都是《诗经》中凋零的一缕布匹，每一抔承接枯叶的尘土都有着一颗慈悲的心。每次上下班经过龙王桥路，看到被保护起来的那棵百年银杏树，我总会放慢速度，扬首膜拜。银杏树浑身金黄、透明，圣人一般站在我的面前。这澄明之境总有一种震慑人心的无形气场，安详、恬静、威严，慈眉善目，有着母亲的神性光辉。树木无言，却是史诗级的教科书，写满古老的教诲，谁能比一棵树智慧呢？一棵树的百年孤独，叶子飞向远方，而根永远在原地滋养头顶的天空和我们的眼睛。寒暑往来，春秋轮回，它缔造美，又产生疼痛。美是觉醒，是轮回，是疼痛，是忧伤，又是喜悦和重生。树是深刻的，背负光阴，供养从它膝下过往的众生。如此说来，对于草木的恩德，我们应该尽到自己的孝心。如何尽孝？那就看个人的修为和造化了。恕我再次引用清末状元南通先贤张謇的那句名言：“天之生人也，与草木无异。若遗留一二有用事业，与草木同生，即不与草木同腐朽。”

夜晚驮来霜的家什，停泊在枫的屋檐。生命总能承受天国的礼物，枫在黑夜涅槃，苦难辉煌，就像打铁的人让铁坚硬的骨头变得温顺，淬火时的惊鸿一瞥，让所受的疼痛闪耀光芒。红不再悲壮，霜不再沉重，枫接过霜递来的勋章，继续隐忍修行。

我们活着，应以七分世俗烟火气养三分精神，俗气真实，俗气可爱，俗气有生命力。德国哲学家康德说过一句话：“美是一种无目的的快乐。”无目的的快乐，可能是静静地听松树间的风声；无目的的快乐，可能是感觉河面上一点点将要消失的阳光。这时，我们会发现我们的心灵其实是在一个极其饱满的状态。

中年听枫到霜后，你听到霜和枫的欢唱、呐喊了吗？繁花碾尘抱傲骨，落叶追风颂丹心。怜取眼前一片色，可把金晖与君赊。落叶敲钟问春秋，雪泥鸿爪计东西。锦华万千渡红尘，般若刹那洗俗心。每天清晨散步时，我总是不由得在枫树下驻足，总是忍不住拍照，感觉不拍一下是一种罪过，不写几行字是一种辜负。这就是美内在的统治力吧。

纵有欢歌，寂深如海。经历三千芳华，留得一身铮骨。从2019到2021年，连续三年初冬时节，我都会定点观察小区中庭里的两个拱门和那几棵枫树，并用镜头记录它们的变化，及时写下这些树木给我的灵感。它们每天都在变化，如画家将颜料笔蘸足水分后浸润在宣纸上。人到中年，颇感中年如秋，越来越觉得时间的威严、伟大、民主、平等、严肃，时间已不再是表盘上变化的物理刻度，它是魔术师、美学家、大法官、大学者、敲钟人，它是美的缔造者，也是毁灭者，严格按照自己的秩序维护天道伦理。它从不背叛日月星辰，严谨、古板是它的态度，仁慈、博爱是它的秉性。唯有顺从它旨意的人，才能创造价值。我想，世界上最大的法官，最大的艺术家，最大的美学家，最大的慈善家，非时间莫属。

“忽有故人心上过，回首山河已是秋。”前几天，有人让我推荐历史文化类散文集，我果断推荐了近两年我读过的最好的散文集，山东作家夏立君获鲁迅文学奖的历史文化散文集《时间的压力》《时间会说话》、李修文的《山河袈裟》《致江东父老》、李汉荣的《河流记》和夏坚勇老师的《大运河传》，深秋已至，初冬莅临，我想我应该抽时间重读这几本书。

霜为知音解枫情，风以匠心挽落红。枫在涅槃，法相庄严；冰霜璀璨，鸟鸣如梵。曾请著名书法家周时君给我写过一幅语出《菜根谭》的大字：“满室清风满几月，坐中物物见天心，一溪流水一山云，行处时时观妙道。”我想，我应该是我们小区所有植物的知音，我熟悉每一个角落的草木的脾性变化，“须从木落草枯之后，向声希味淡之中，觅得一些消息，才是乾坤的橐龠（tuó yuè，口袋，古代的容量单位），人物的根宗”。

中年如霜降，霜让人世间有了意义和成色。所谓有趣的灵魂，就是把庸常变得不庸常，把乏味变为美味，把单调变为丰富，让山河解冻，如惊蛰雷声，鱼跃龙门，虫豸欢腾，让旧秩序新芽初发，让身边的世界有新的色彩和滋味。我在读霜，霜在读我，我们在不同的时空中互“渡”向美的彼岸。

岑寂知老

黄昏的时候，去久违的湟水河边散步，它不知疲倦地奔向远方，加持一座小城。它从容、安详，犹如母亲，湍湍激流是她密布的皱纹，浑浊的水色是她日益干枯的皮肤。河流孕育文化，河流滋养日月光华。芦苇瑟瑟，犹如落霜的《诗经》。拥有金黄色肤色的杨柳抵达一种命运，厮守着这母性的土地。流水就是历史，它叙述过往，也见证泥沙。夕阳带有史诗的质地，宛如一场战争的胜利。余晖是王者的战袍，为每一座沉默的山头加冕，使其内心丰富、辽阔。

湟水河是岑寂的，这种岑寂滋养了这一方水土上的人们，他们朴素、简单、隐忍、吃得苦、不争。

有天晚上，我躺在74岁老母亲的身边和她聊天，我久久地注视着她的额头、面颊、下巴，她的皮肤干燥如糊在老房子墙上发黄的旧报纸，皱、枯、皴，仿佛一揭就能揭下来。母亲的额头上皱纹密布，如湍急的河流中有序的波纹层层平行叠加。母亲的脸上由于皮肤松弛，自上而下的道道深纹随着她的话语一张一弛。母亲的脸，早已如一朵被霜打过的黄花，“人比黄花瘦”用在年迈的母亲身上也很贴切。黄花是岑寂的，它曾经历过多少酸甜苦辣、风霜雨雪，而今，它看淡日月，自觉接受时间的调遣和安置。

“老”是岑寂的。老之所至，就是寂寥丛生。父母不是走向生命的荒原，也不是走向精神的枯索，而是慢慢地储蓄力量，和这个世界告别。额头的白发是遗产，谆谆教诲是遗产，父母的言行举止表现出的教养和恩德是最好的遗产。

头顶的白发如南山积雪，静穆、悠远，却咫尺在前。沉静的风物让我们平和，仿佛它们暗藏一种气场，只要我们靠近，就有一种力量让我们倾倒，并肃然起敬。

古人说：“人生到处知何似，应似飞鸿踏雪泥。泥上偶然留指爪，鸿飞那复计东西。”生命的岑寂之境就像飞鸿，它不会眷恋自己留在泥上的指爪，它唯一的使命是让心灵归于成熟、安静，自由自在地飞翔在只属于自己的国度。

有时候，许多人的世界很小，一个人的世界很大。尘世热闹而又实在，我们在得到什么的时候，也在失去什么。我们穿行于喧闹之中，有时忘了自己置身何处，忘了藏宝的地方，但必定有这么一个有着厚实大门和复杂密码的地方，或者说有一个心灵的密室，其中珍藏着我们丢失的全部宝藏，只是我们竭尽全力也回想不起开锁的密码，然而可能当我们置身热闹中的时候，记不起密码，而当我们一个人闲庭信步时，便意外地想起了遗忘了很久的密码。于是密室自动开启，我们找到了自己——在那个名叫“岑寂”的后花园里。

在万物喧嚣的背后，在一切语言和表达消失之后，隐藏着世界的秘密，享受岑寂，就是享受灵魂的静逸和闲适。喧嚣的生活是无边无际的汪洋大海，有声的世界只是很少的一部分，只知道热闹而不懂得让灵魂走进自己后花园的人，是被声音堵住了耳朵的聋子。

有河可想

一个地方长久地被一条河流滋养，这是大自然的恩赐。我想说，河流就是勋章，专门用来奖励途经该流域的人们。

湟水河又名西宁河，指流经西宁城北的黄河重要支流，位于中国青海省东部，发源于海晏县包呼图山，东南流经西宁市，到甘肃省兰州市西面的达家川入黄河，长374千米，流域面积32000多平方千米，年平均径流量46.2亿立方米。

如果说湟水河是我们青海的《诗经》，那么故乡雨润镇刘家村就是这《诗经》的一部分册页。这几年，每年春节回家探亲，让我喜悦的就是湟水河变得越来越好了，如一条翠绿的丝带缓缓流淌。河两边枯黄如一幅油画的芦苇、落尽叶子如竖琴的垂柳、稳健端正如楷体字的白杨树、盐碱地带寂寞隐忍如苦行僧的红柳、握着利刃等待时机出阵的冰草、离河岸不远的田埂上提着灯笼寻找来路的枸杞、在夜晚的星空下举着高高蜡烛的菖蒲，间或一两声长啸低吟的野鸡、喜鹊、麻雀、斑鸠，以及在河水里来来回回巡航探寻线路的野鸭，构成了湟水河这部《诗经》不同而又生动的标点符号。

我常常去湟水河畔散步，这并不是物理意义上的运动，于我而言是一种精神仪式、美学仪式。是我和湟水河特有的呼吸，也是我对着日夜奔流不息的湟水河的一种敬意。站在湟水河岸边，我不由得想起孔子那沉重而又却催人警醒的叹息：逝者如斯夫！

河流总是听从使命与召唤。它不知疲倦，如母亲，带有一种神性。它不屈从于命运，也不随遇而安，在长久的奔流中接通天地之间最美的那份姻缘。河流是时光的留声机，它留住星辰日月、四季风霜，把我们对生活的希冀与期盼带往远方。

河流总是有母性的气息，它对身边的土地、生灵和赖以此生存的人们总是平等给予。万物有灵且美，不分高低贵贱。河流里翻起的浪花是它发自内心的微笑，对着星辰日月吟唱。岸边的树木在风中鼓掌，是对伟大河流母亲的感恩与报答。

那几天清晨，我一直沿着湟水河散步。在南方的城市，我几乎没有见过日出。当太阳如一枚鲜红的橘子从宇宙的树上剥离出来时，我立即感受到一种幸福的战栗，不由得放慢脚步，凝视那一点一点跃起的橘子。它从朦胧变得清晰，退去晨曦中的薄雾，然后迈着少年的步伐步入稳健的中年，再向壮年、暮年过渡。

我在湟水河边看日出，不由得想起朋友王开岭老师的散文《精神明亮的人》，他写道："迎接晨曦，不仅仅是感官愉悦，更是精神体验；不仅仅是人对自然的欣赏，更是大自然以其神奇力量作用于生命的一轮撞击。它意味着一场相遇，让我们有机会和生命完成一次对视，有机会深情地打量自己，获得对个体更细腻、清新的感受。它意味着一次洗礼，一场被照耀和沐浴的仪式，赋予生命以新的索引、新的知觉、新的闪念、启示与发现……"

"按时看日出"，是生命健康与积极的一个标志，更是精神明亮的标志。透过那橘色的晨曦，我触摸到了一幅优美的剪影：一个人在给自己的生命举行升旗。我们对自然又抱着怎样的态度呢？在一个普通人的一生中，有过多少次沐浴晨曦的体验？我们创造过多少这样的机会？

后记

一点烟火真性情

这本书的每个文字里都藏着一个尊重生命、热爱生活的人和他有趣的灵魂。每篇文章都能慢慢地描画出这个人的形象、气质和精神内核。全书编辑完后，编者总觉得意犹未尽，这么有趣的作者，读者读过他的文字，见识了他笔下的万物，但他笔下的万物对他本人的呈现却还不够具体。写下这“多情”文字的作家本人到底什么样？人生太苦，遇到有趣的人不易，万万不能错过。看他身边的人写他的这些文字，顿觉写这本书的这个人立体了许多，于是编者找来这些文字作为本书后记。马国福老师的人间有深情，这人间值得。

人间烟火皆是深情

Postscript

我读懂了马师傅的朋友圈

江苏南通张謇一小　五（5）班　徐戴懿

你的朋友圈里，藏着你的人生方向。

——题记

马师傅的朋友圈是被我的母亲大人指定的我的课外阅读项目，被誉为“含金量高、正能量足”的朋友圈。

第一次翻阅，我就被其中一段文字深深吸引了。内容是这样的：“十月，每一棵稻子都是深思熟虑的哲学家，他们纷纷低下头颅，谦卑地感恩脚下的土地。这黄金般的道德，渲染秋风浩荡的恩泽。秋水明净，洗涤泥土的初心。水波鱼纹，款款书写水乡文明。秋草渐黄，苍茫思念慰旷野。为什么我两手空空，内心却充盈感动？”与其说这文字让我眼前一亮，不如说我匮乏的词汇量无法形容的稻田之美，通过这文字，我仿佛瞬间置身其中。我默默地背下这一段。可能有人会说我喜欢诗歌、散文，那就大错特错了。爸爸买的书与我的年龄不符，每次让我看那些书，我都想八折出售，五折也行。

我准时翻阅马师傅的朋友圈，像每日打卡一样。他的朋友圈内容很丰富：种花拍花、饮茶喝酒、美食佳作。我不敢说马师傅是文坛里酒量最大的（据说古时候有个李白），但肯定是“酒坛”里最会种花的（总能把2500千米以外的花种在南通落地生根）。我曾深思，为何马师傅的文笔如此之好，此时他的朋友圈告诉我，其实我跟他只是差了一坛酒。哈哈！可能有人要质疑了，嗜酒不好，我想澄清一下咱马师傅的背景——人家可是妥妥的西北汉子，豪饮那是真性情。

说到马师傅这西北汉子，从他朋友圈的头像来看，已经毫无电视里西北汉子黄沙策马腱子肉的感觉了，倒是充满了行走的牛羊肉的感觉，概括讲就一个字——圆。圆圆的大肚皮里珍藏的是各种酒文化的沉淀，圆圆的脑袋里收集的是万卷书的精华，圆圆的眼睛里满是对生活的热爱。

其实马师傅也是热爱运动的，瞧，他家的跑步机都被他跑塌了。嘿嘿，咱马师傅绝对是一位可爱的“圆憨憨”。当我看到跑步机前面一摞比人还高的书时，瞬间自惭形秽，因为我仿佛看见他一手捧书、一手有节奏地前后摆动，优哉游哉地漫步在那个“单薄”的跑步机上。如他所言——没有比书更高的楼！是的，书在书案上时，马师傅是世界的；书在他手里时，世界是马师傅的。敢问，哪家的跑步机能承载这万卷书之重？

马师傅是青海人，背井离乡来到南通，扎根于江海大地。一年难得一回乡，家乡的一花一草都是他撇不开的记忆，老父亲老母亲也是他割舍不下的念想。马师傅今年因事不能回乡，但有他老父亲寄来的花种，不仅长在马师傅的家里、办公室里、楼顶上，也种在了他的朋友圈里。朋友圈里有他们父子视频的截图，一边是苍老父亲的幸福微笑，浑浊的眼里藏不住对儿子的思念；一边是满脸愧对、眼角泛着泪花的马师傅。我很想留言说些什么，但似乎说什么都那么苍白无力，这才是亲情的真实写照吧。

马师傅的朋友圈还在不断更新，最近休息在家的他摇身一变“汉子煮夫”，一张张为家人变着法儿做的美食，以“剁椒鲳鱼”为招牌菜，看得我直咽口水，默默地为奋斗在餐饮界的人士们捏把汗，你们壮志未酬，一颗新星已冉冉升起。马师傅的朋友圈时刻提醒你：生活成就人生。

这些仅是马师傅朋友圈的微微一角，他的视角里，一花一木皆生灵，他总是能够通过微小的细节抓捕人内心深处的柔软。

马师傅，最细腻的西北汉子。感恩有您！

城里有座山

李云

马国福，青海人，住在南通。我们是文友，他写杂文，我写小说，偶尔会在文学会上见一面，七八年了，也才见过三四面吧。但是，我们留了电话，加了微信，这个人就等于常常见了，是老友。

他喜茶，喜欢得不行。出去旅游，会淘一些废弃的青砖，再仔细用砂纸打磨光滑——那是在家里，他穿着大背心，光着膀子，穿着大拖鞋，满身是汗，像石匠，又像木匠。之后，他就将青石供于茶几之上泡茶。说来也怪，一盏小瓷碗茶水放在青砖上，底下铺着一块蓝花布，身旁斜斜地插着一枝水生植物，偶尔是一小盆菖蒲种在洁白的陶瓷茶杯里。那感觉就不一样了。我更喜欢菖蒲。菖蒲的别名叫文人草，它绿意盎然，生机勃勃，却低调行事，朴素自然，初见，以为是一蓬路边的葱兰还未开花。它细细的长叶片柔软，有力量，积极向上。

好友葛芳也有他的微信，说他懂茶，并说有机会要找他交流交流茶道。仿佛文人一懂茶，境界就不一样了，不再凡夫俗子了。至少，葛芳是有这个意思。葛芳写散文，也写小说，两者皆优。她跟马国福坐在一起品茶、聊天，想必是能喝出一个山高水长、世事洞明的。两盏空了的茶杯续上，再续上，窗外残雪，山影朦胧，一世缤纷。

然而，我跟马国福多年来也没有说上几句话，平日里，电话也未曾打过。偶尔在某个文学会议上见了，就拉着在主席台前拼命合影，背景是一条长长的横幅，这个横幅就好比一条“标语”，十分真实准确地为这次合影注明了解说词，看到照片就知道我们在何地，在干什么。我十分清楚地记得，那年在南京参加江苏省青年作家文代会，马国福就在那个主席台前跟无数的文友合了影，有漂亮伶俐的美女，有德高望重的老师，更有志同道合的“酒友”——是的，他亦爱酒，张羊羊就常提到他，很喜欢跟他喝酒，青海人嘛，应该是很豪爽的，大块吃肉，大碗喝酒。

于是，在马国福的微信里，我们常能看到他大吃大喝的照片，那都是在聚会中，都说写作者需要宁静，我看未必，马国福就很会生活。他从来没有将自己搞得很“空灵”，即使在高雅地喝着茶，我想他也能闻到窗外飘来的一缕肉香，还有那株红梅花儿开了没有？这应该是很吻合当代人的一种写作模式，我们得热爱生活，在熙熙攘攘的人流中获取灵感，在热闹酬酢中体悟人生百态。是的，写作者不是和尚，不是智者，我们同样上有老下有小，得养家，得忙事业。所以，直到现在，我也没有问马国福在做什么职业，我觉得没有这必要。

马国福一定是一个好男人。他爱家，爱女儿，爱生活。即使妻子不一定是花容月貌，女儿不一定就聪明绝顶，生活不一定得身价千万。包括他自已，也没有将自己看成文学“达人”。他的写作我也没有机会多读，但从他身为《意林》《读者》签约作家的身份可以看出，文字多来自生活，是励志的、蓬勃的、乡土的，甚至是某些瞬间的体悟，不是大智大慧，但深得人心。他如此就很深入生活，获得民心。

偶尔，我也见他写诗，诗歌来自麦子的内核和月亮的腹部，有着忧伤的基调，却又能感觉到麦芒在背。他的诗歌易懂，像一条湍急的河流，水花四溅，明明了了。偶尔有那么一滴溅在了花瓣上，心为之一颤；继而，又一滴溅到了凉石上，月光隐没在云层里，我分明感到身前身后的幽深与黑暗……

马国福的乡情很浓，文字里有所表现，如他自己所说，“我的文字都来自故土”。青海是我一直想去的地方，那里的蓝天、雪山，可想而知是多么地蓝、多么地白。其实，我对马国福的总体感觉是这个人有点“粗”，长得不怎么文气。他夏天穿花衬衫，因为体胖，搂着别人的肩膀拍照时，拉起的衣角处总会露出一截圆滚滚的肚皮。他喝酒一定是兴奋无比的，说话调侃、豪饮，“脸红脖子粗”是常态。“这有什么，咱们来自青海，而现住的南通又有一座狼山，咱不就这副‘德行’？”马国福，你会这么说吗？我想，假若有机会，我会跟他饮上一杯酒，我得看看他的酒量，看看他饮酒的腔调。

在南通，我其实还有几个要好的文友，比如黄俊生老师、朱一卉老师，再是作家班同学王春鸣、储成剑。我们这些人的交情常常是通过一篇文字获取的，读到了喜欢的文字，就感觉我们的交情是如此深刻——你懂我的，我也明白你的。所以，不常常联系，却能感受到交情之深。但马国福幸福啊，他住的南通有一座狼山，逢闲暇就可以跋山涉水去。站在山顶大吼一声，坐在山腰上喝一壶大红袍，结几个文友，再携上小女，穿上母亲从青海邮寄来的布鞋，马国福简直幸福坏了。茶杯喝空了，不急，随手折一枝弯弯曲曲的松枝插上，一滴青翠滴落纸上，化为一缕墨香，化为一行诗歌。放眼，整个南通城尽收眼底，万家灯火，百态人生。于是，看到马国福又去山顶喝茶了，我就看着照片，暗自借了此山过来，写了此文。

如此，我写马国福，是不是为了想象有一座山在吴江呢，能够让我去领略山之春夏秋冬和残月晚霞——头顶蓝天，背依红亭，笃悠悠地呷一口铁观音，耳畔是一曲“高山流水”。哎呀呀，狼山是南通的，它对于南通文人是有贡献的，王春鸣到山上去采绿，然后又将鸟声送给了朋友，最最棒的是，她居然可以开着车坐在大雨倾盆的山下放声大哭一场。而黄俊生老师也喜这座山，常常邀约我去爬狼山，他的口吻是自豪的，极其富有禅意，仿佛上了狼山，我就可以写一手行云流水的文字了。

再说起马国福，我就会说你虽是青海人，身上却有着狼山的气质——你是山一样的男子，写着山一样有力道的文字。

一身酒香马国福

李新勇（江苏启东）

每当看见马国福，我就想起各种各样的酒，看见酒，也容易想起马国福。尤其是看见年份酒，比如五年的、十年的、十五年的，酒的名字都不用看，度数也忽略了，脑子里立马闪出一个念头：要是让国福喝一口，该是多美的事情。

我们相识于2005年江苏省作协第三届青创会上，第一次在同一张桌子上吃饭。他喝了一口酒，嘴巴闭上，不待杯子放回桌上，酒已滑下喉咙，仔细品咂完才张开嘴，发出“喝喝喝”或“可可可”的声音，扫视大家一眼，像发现新大陆一样兴奋地对大家说：“兄弟们，好酒！”到这时候，酒杯才重新回到桌子上。我就知道，马国福不仅喜欢酒、有酒量，而且懂酒，有酒趣，遇到好酒的兴奋程度，不亚于古代帝王选上了品貌绝世的女子做妃。别人都说酒品如人品，在马国福那里就是“酒品如文品”。国福对酒的兴奋程度，如同他作文时对生活的兴奋程度，他对酒之敏感判断，恰如他对创作素材的敏感。

从博客到微博，再到微信，国福都是大咖，播报及时，行踪活跃，粉丝众多。他的微信归纳起来四个字：吃、喝、写、画。照道理，后两件事应该放在前面，毕竟是江苏省作协签约作家、《读者》《青年文摘》等刊物的当红签约作家。可从他的微信可以看出，他的主业似乎就是吃吃喝喝，在吃喝之余，顺带在纸上涂抹几笔，权当消食。

国福喝酒的理由多得眨个眼睛就能想出，下了一场雪、看见几朵梅花开了、天边飘过几朵好看的云、得了一堆肥壮的蟹、看了一篇好文、画了几条满意的鱼，等等。以下两种情况，国福不仅要喝酒，还必定会在微信上晒出来：一是有朋自远方来，二是拿到稿费了。国福写稿挣的那几个碎银子，差不多都拿去买酒邀约不同的文友喝掉了。

根据国福的微信，按图索骥，我们能找到他的第二故乡南通、海安和他的“血地”青海乐都的各种美食铺子和各种美食，哪条巷子里的藏书羊肉，哪里的酿皮、酸奶、甜醅、烧烤、撸串……似乎他天生热爱夜宵。别人吃了夜宵怕长膘，我看他吃了十多年，没见他胖过，堪称奇迹。

不知拜过师还是自学，他经常临画八大山人笔下翻白眼的鱼，他画的鱼一律带着俏皮的眼神。随着时间的延展，他笔下的人物、梅花、远山，越来越有画界大咖老树的韵味。国福若去绘画，最多算半路出家，因为根底不厚，没有家学渊源，没有童子功。可他的禀赋在那里，才气逼人，随便画几根线条，就能透露出他的情趣和灵气，由此我相信，半路出家一样能成大家。

头夜喝了酒，第二天必定会起个大早。他说，美好的早晨要与美好的诗歌相匹配，用毛笔在宣纸上抄自己的诗或者北岛、海子、里尔克的诗歌。国福的字很有意思，源于隶书，却自成一家，别有情趣，充满“福气”，我们暂且称之为“福”字体——连写个“一”字都有幸福的“福”的趣味。三百年后，说不定我们的后人会像我们今天以敬仰之心模仿王羲之的《兰亭序》那样，临摹马国福的“福”体。

有人问国福：你天天喝酒，哪有时间写作？他笑而不答。他的散文和诗歌占据了国内的重要媒体，一篇接一篇，有时碰巧几篇集中在同一天发表。他的作品深受读者喜爱，也深受命题老师的喜爱。我女儿读高中时，语文阅读理解题考过不下十篇马国福的文章。国福的酒与文章能同时兼顾，几乎成为江苏文坛的一大奇迹。在一次苏中-南京片区文学创作会议上，国福终于道出其中秘密，他说得感谢手机，只要喝酒，他就会产生创作冲动，喝酒氛围和状态越好，他的冲动越强烈。他随手把自己的灵感写在手机的记事本上，随时随地都能够抹上几笔。等到安静下来的时候，转换到纸上，一首充满激情的诗作就这么诞生了。

因为能够迅速捕捉到稍纵即逝的灵感，所以，他的诗歌充满灵性，修辞奇特，耐人寻味。“一滴酒的河流/我们该怎样找到她的源头”“我和月亮碰杯/碰落一地星光为我助威”“我该怎么描绘一滴酒的辽阔/我该怎样形容玫瑰的颜色/长袍白酒，短褂红酒，对开双扣黄酒/这一低头的温柔/十万麦子愿为你俯首”（马国福诗歌《棉麻书》）。李白斗酒诗百篇，国福夜饮诗千行。国福的诗是我喜欢的诗。中国新诗什么手法都玩过了，而像国福那样“充满生命体征”的诗却不是大多数。对此，国福有自己的理解：把每一画撇捺变成星辰，把每一个词句组成宇宙，我节约每一个汉字，就让它成为悬在春天你门口的花。

他的诗歌就是他悬在春天门口永开不败的花。

他从青海乐都来到江苏定居，我从四川大凉山来到江苏定居。我们有许多共同的经历和记忆，尤其对故乡的情感。我比他年纪大，已经不大愿意在朋友面前晒重返故乡与父母亲人见面时的欢乐和离别时的悲伤了。

2016年初，在即将返回乐都过年前夕，他写了一首诗歌《为什么下雪时就想家》。他说少年时期讨厌故乡下雪，泥泞的村庄盛不下少年的惆怅，如今生活在南方，故乡成了昔日少年心中的丰碑，每次在天气预报上看见故乡下雪，少年时期的所有记忆都复活了。

我们在他的微信里见证了他回乡那一路的喜悦，像个孩子似的，当年熟悉的人物年迈了、放过羊的树林长高了、年少的玩伴越来越成熟稳重了……我比他提前返程，我知道我们这些天涯游子的忧伤迟早要应在他身上的。果然，一天早上，我看见他的微信，他说：收拾行囊，我挥一挥衣袖，带走老家的一摞干粮。素朴纯真，民间贴心。嫂子烙的油饼，舅舅家的麻花，姑姑家自己腌的很好吃的酸菜，母亲、嫂子、姑姑们用手工一针一线绣出来的锦绣鞋垫，我都要带走。这些家常的物什是有温度的，蕴含着泥土一样真诚、厚实的感情。手工里凝聚着寄托和守望，不言而喻，我会一步一步走出属于自己的路。它们将统治我的味蕾和乡愁，还有喜悦和伤感。它们落在生活的最低处，却在我心头的星空里，无上珍贵。

这是马国福，这也是我。也许正是乐都、西昌与身处的江苏南通、启东两个故乡的共同作用和发酵，我们的人生多了一层历练，我们对亲情、友情和乡情更多一些刻骨铭心的理解和表达。每当笔墨触到故乡，每一个字都像闪光的金币，能够通神，能够反光。

那么多年，我就没见国福醉过，倒是无数读者醉倒在他的文字里。

国福至今不会开车。八年前，他参加过驾考报名，至今连理论考试都没有去考，原因是教练曾骂他笨。他只摸了不到六次方向盘，从此做放弃处理，家里的汽车从此打包给马夫人全权处理。其实他不开车是对的，他要是学会开车，哪能喝那么多酒呢？哪有那么多乐趣呢？一双手用到方向盘上去了，哪腾得出手指在手机上写诗呢？

马国福的朋友遍天下。在提到马国福的朋友的时候，不能不提到常州作家张羊羊，也是个优秀的诗人。别人的真性情我没见到，他俩才是真性情。某天晚上，张羊羊到姜堰一个朋友那里玩，突然想喝酒了，打了个电话给马国福说："兄弟，我想你了！"话音未落，人已出门，打上出租车，狂奔200多公里赶到南通，由于出租车司机把路走错了，到南通已是晚上十一点半了，二人畅快对饮，喝到天色微明。心满意足之后，张羊羊又打车狂奔回常州，继续他昨夜没有写完的文章。不久之后，同样的事再次发生，不同的是，这一回主客身份调了个个儿。他俩有个共性，喝畅快了，文章便能充满激情地、顺畅地写下去。

得修正一下我文章开头的说法：看见好酒，我不仅会想起马国福，还会想起张羊羊。我不饮酒，每当遇到有好酒而我盛情难却、不喝一点不合适的时候，我就想，要是马国福或者张羊羊在，兄弟我的所有难题都不是难题。

我一直想给马国福下个定义，比如作家，或者诗人，或者画家，似乎都不全面。琢磨再三，我更愿意叫他“酒精”，喝酒成了精的人，叫“酒精”。

我若是酒厂厂长，一定要请马国福做“酒模”。

乐都马国福

成向阳

老马的诗文究竟怎样，我不太好说，也说不太好。即使好说，且能说得好，我也不会说给你听。但我一定要告诉你的是，在喝酒这事上，老马至少能比我多喝二两。他喝酒多，吃饭少，这一点，我赞同。

老马从南通来，号称是南方人，但事实上，我一推鲁院511寝的房门看见他的脸，就清楚他是个假的南方人。这一点在酒桌上得到印证。他像正宗的西北人一样，一喝酒，身上丝缕就与酒精浓度成反比。

南方人不会这样，但我这个山西人和老马这个青海人恰好都这样。

老马的脸是很有特点的，调笑的时候像小岳岳，端庄的时候像收住下巴鼓起腮帮的莫言先生。老马常是端庄斯文的，所以常常就很像收住下巴鼓起两腮的莫言先生。我们开学那天，他和莫言先生合影，连身上的蓝衬衫都一样。但老马在更常见的情况下是像小岳岳的，尤其说起爱情时，当他祭出招牌式的“此情此景，吟诗一首”时，“岳云鹏”就来到了我隔壁511。

老马是个诗人，喜欢穿米色风衣。我素来不能忍受的米色风衣穿在老马身上就变得几乎可以忍受了，如果他风衣下面不穿那双从家里带来北京的拖鞋的话。

老马是个喜欢画画的书画家，他的成就更多来自天赋，他的创作特色偏向于中国古代南方乡村里瑟瑟发抖的寒门画家，随便找个有空的地方就画一画。我觉得老马最好的作品是一只黑鸟，画在一个硬纸盒上，搁在房间电视机的上面，房间的灯光朦胧时，猛一看，那黑鸟就像要从寒枝上呼啦一声飞起来一样。

那个用来画鸟的硬纸盒曾包裹一方大床单，由老马的夫人从南通寄来。

老马喜调笑，善交际，但不油滑，有赤子心。

老马平素吧嗒吧嗒烟不离手，坐床上谈笑时，夹烟的一只手随手臂挥舞，总往床铺里一侧晃动，我见则禁止，很怕他半夜失火，殃及墙后。

但一入山林与公园，老马从不点火。他是有规矩且能守得住的。

老马仅有一点笨，不会在电脑上用微信，好像也不太会在网上购买火车票。我之择友，必择其有一点笨拙者。按此标准，老马可长为兄弟。